U0057186

瑞蘭國際

瑞蘭國際

新版

如何準備新韓檢初級TOPIK I「聽力」、「閱讀」兩大考科？
本書彙整新韓檢初級必考單字、文法，
只要這一本，便能一舉拿下證書！

TOPIK I 新韓檢 初級單字・文法，一本搞定！

黃慈嫻 著

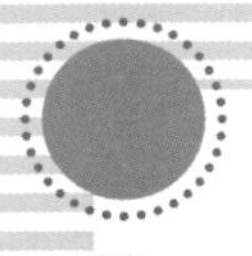

考前充電補給站

自 2014 年 7 月韓國語文能力測驗（Test of Proficiency in Korean, 簡稱 TOPIK）改為新制，特別是 TOPIK I（即舊韓檢一、二級）的考試內容，將「寫作」科目刪除，僅剩下「聽力」及「閱讀」兩大測驗，TOPIK 有了新面貌，且自 2016 年秋季起，在台灣的 TOPIK 將交由財團法人語言訓練測驗中心（LTTC）獨家辦理。台灣報考 TOPIK 的人數居全球第三位，目前每年約 10,000 人，僅次於中國和日本，由 LTTC 接辦後，將增加施測次數，並安排更便利的應試地點。

近年來對 TOPIK 躍躍欲試的學習者大幅增加，於教學過程中，經常被問及「韓檢會考什麼呢？」、「要具備多少單字量才夠呢？」、「要學會哪些文法呢？」、「怎麼知道自己的程度到哪呢？」等問題。使用本書後，讀者們就能清楚瞭解以上各項疑問的「正解」囉！

首先，現今台灣學生多數從小學二年級、甚至更早之前就已經開始學習英語，根據此背景，書中的「PART I 單字篇」是以「外來語」（主要來自英語）、「漢字語」、「固有語」的順序整理而成。之所以會以這樣的順序讓讀者準備考試，那是因為應付「聽力」及「閱讀」這二個科目，對已經具備韓語四十音發音能力、且具有基礎英語能力者而言，外來語就變得相當容易駕馭，即使是第一次接觸，也能「聽出」及「辨識出」該字詞的意義。接著導入「漢字語」，是因為有漢字可對照的單字，此部份對於母語為中文的我們是較容易掌握的。最後導入的「固有語」，是指純韓文單字，之所以放在最後，是因為這部份必須多加接觸、充分練習，方能一一背誦起來。

本書「PART II 文法篇」則分為「常用初級文法」及「文法比一比」二個部份。在「常用初級文法」中，將欲具備韓檢二級實力所需習得的 120 個文法一一列出，每一個文法均包含文法的中譯、使用情境及應用實例，只要充分瞭解，對應「聽力」及「閱讀」二科便易如反掌。而「文法比一比」，則是在教學過程中與學生們互動時，發現一般學習者較容易有疑問、產生混淆等文法相關問題，針對這些問題，特別加以歸納整理而成，讀者只要跟著比一比、充分瞭解，應考時有些陷阱題便不會混淆不清。

願所有學習者能保持對韓語的學習熱忱與樂趣，並在學習過程中，透過韓檢幫助自己瞭解學習已進展到什麼樣的位置。如此一來，相信學習必能更有方向感、更有目標！預祝各位考試充分發揮實力、順利晉級！

願將一切榮耀與感謝獻給聖三位！

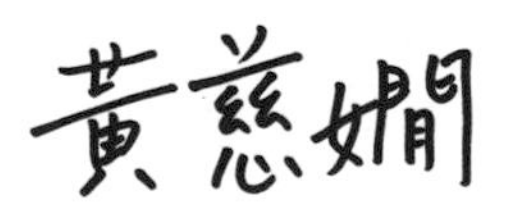

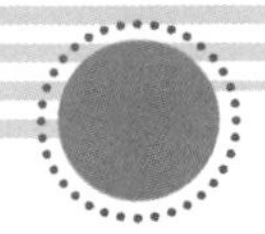

如何使用本書

《TOPIK I 新韓檢初級單字 · 文法一本搞定！》是專為國內初級韓檢考生設計的檢定專書，全書分為「單字篇」、「文法篇」，是您準備初級韓檢的最佳利器！

Part I 單字篇

本篇分為「外來語」、「漢字語」、「固有語」三個部分，並請韓籍名師親錄標準發音朗讀MP3，以利學習背誦初級韓檢所需單字。

單字篇分類

韓文單字是由「外來語」、「漢字語」、「固有語」這三類單字群組成，讀者可依此順序有效習得初級韓檢必考單字，或是選擇自己較需要加強的單字群背誦。

一

외래어

外來語

外來語是利用韓文字母拼出近似英語、日語、法語等外語詞彙的發音。在韓語中有一部份詞彙就是用外來語來呈現，如奇異果「키위」來自英語「kiwi」；網球「테니스」相似於英語「tennis」；計程車「택시」近以於英語「taxi」。雖然也有許多單字無法利用韓語拼音規則組合出相似發音，僅能稍微接近，如電腦「컴퓨터」只能稍微近似原英語「computer」的發音，然而對於原先已會英語的學習者而言，外來語已是最快可駕輕就熟、也是花較少時間便可快速建立單字量的部分。

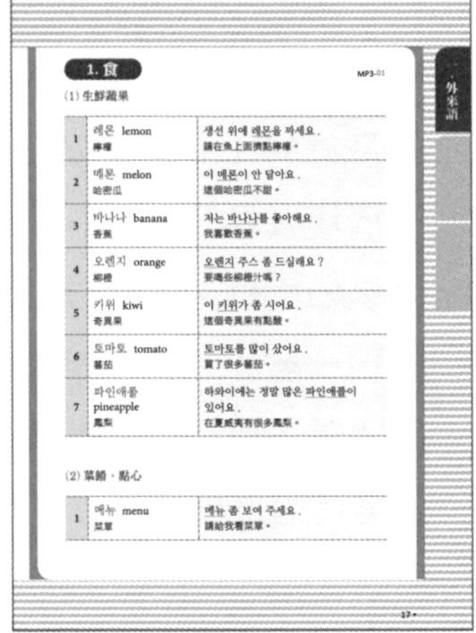

1. 食　MP3-01

(1) 生鮮蔬果

1	레몬 lemon 檸檬	생선 위에 레몬을 짜세요. 請在魚上面擠點檸檬。
2	메론 melon 哈密瓜	이 메론이 안 달아요. 這個哈密瓜不甜。
3	바나나 banana 香蕉	저는 바나나를 좋아해요. 我喜歡香蕉。
4	오렌지 orange 柳橙	오렌지 주스 좀 드실래요? 要喝些柳橙汁嗎？
5	키위 kiwi 奇異果	이 키위가 좀 시어요. 這個奇異果有點酸。
6	토마토 tomato 蕃茄	토마토를 많이 샀어요. 買了很多蕃茄。
7	파인애플 pineapple 鳳梨	하와이에는 정말 많은 파인애플이 있어요. 在夏威夷有很多鳳梨。

(2) 菜餚．點心

1	메뉴 menu 菜單	메뉴 좀 보여 주세요. 請給我看菜單。

17

小單元分類

「外來語」、「漢字語」、「固有語」中，又再細分為「人」、「食」、「衣」、「住」、「育」、「樂」以及「詞性」等小分類，讓讀者觸類旁通，同時記住相關單字。

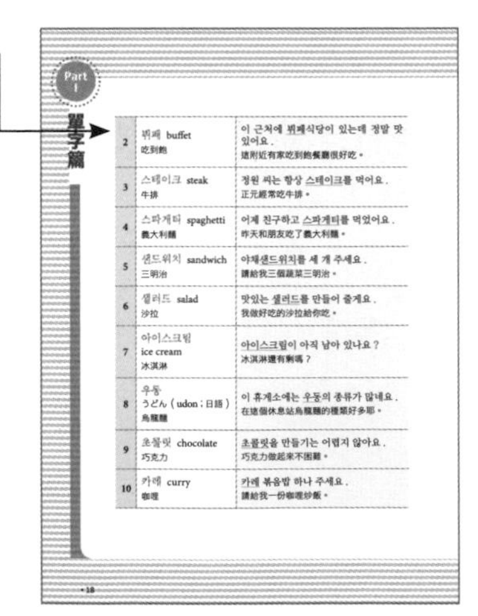

Part I 單字篇

2	뷔페 buffet 吃到飽	이 근처에 뷔페식당이 있는데 정말 맛있어요. 這附近有家吃到飽餐廳很好吃。
3	스테이크 steak 牛排	정원 씨는 항상 스테이크를 먹어요. 正元經常吃牛排。
4	스파게티 spaghetti 義大利麵	어제 친구하고 스파게티를 먹었어요. 昨天和朋友吃了義大利麵。
5	샌드위치 sandwich 三明治	야채샌드위치를 세 개 주세요. 請給我三個蔬菜三明治。
6	샐러드 salad 沙拉	맛있는 샐러드를 만들어 줄게요. 我做好吃的沙拉給你吃。
7	아이스크림 ice cream 冰淇淋	아이스크림이 아직 남아 있나요? 冰淇淋還有剩嗎？
8	우동 うどん（udon；日語） 烏龍麵	이 휴게소에는 우동의 종류가 많네요. 在這個休息站烏龍麵的種類好多耶。
9	초콜릿 chocolate 巧克力	초콜릿을 만들기는 어렵지 않아요. 巧克力做起來不困難。
10	카레 curry 咖哩	카레 볶음밥 하나 주세요. 請給我一份咖哩炒飯。

18

11	케이크 cake 蛋糕	케이크 만드는 방법을 가르쳐 주세요. 請教我做蛋糕的方法。
12	팝콘 popcorn 爆米花	팝콘 큰 거를 주세요. 請給我大份的爆米花。
13	피자 pizza 比薩	피자 한 판을 주문합시다. 點一份比薩吧。
14	햄버거 hamburger 漢堡	아침에 햄버거를 세 개 먹었어요. 早上吃了三個漢堡。

(3) 飲料

1	사이다 cider 汽水	사이다를 한 잔 드릴까요? 要給您一杯汽水嗎？
2	아이스커피 ice coffee 冰咖啡	아이스커피를 마시나요? 喝冰咖啡嗎？
3	요거트 yogurt 優格	여기에서 요거트를 파나요? 這裡有賣優格嗎？
4	에스프레소 espresso 義式咖啡	에스프레소를 좋아하시나요? 您喜歡義式咖啡嗎？

19

必考單字

小單元中的單字，均是作者分析歷屆考古題精心挑選集結而成的精華，絕對是讀者必背的重點。此外，所有單字皆依子音順序排列，不僅能循序漸進背誦，更方便查詢。

外來語原文

外來語部分均附上原文標示，對原先已會英語的學習者而言，可輔助記憶。

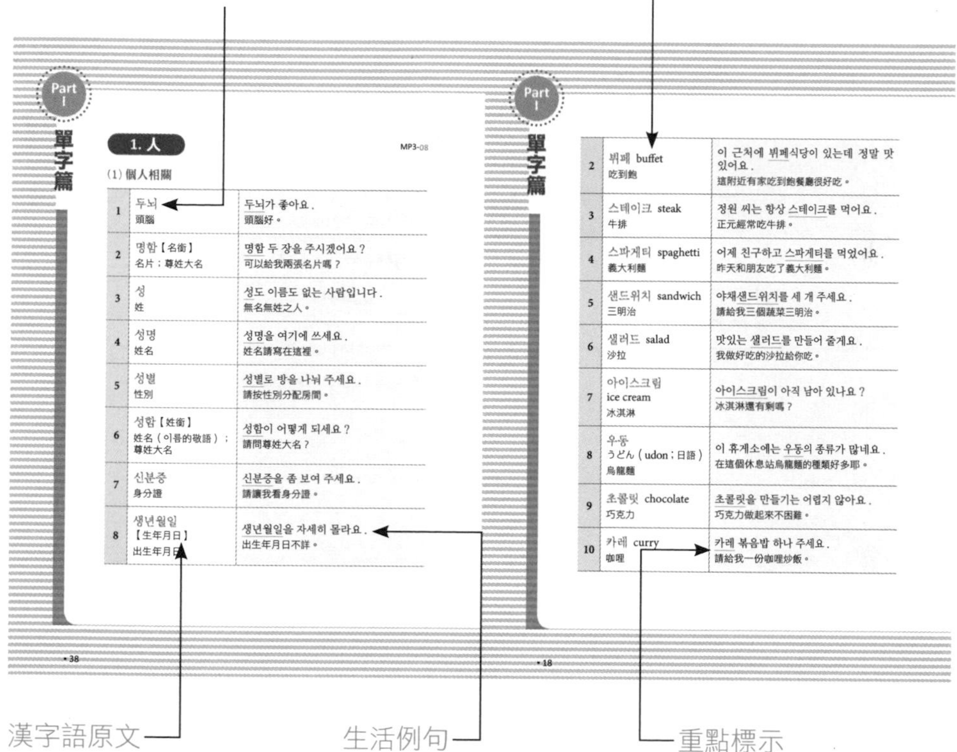

Part I 單字篇

1. 人

MP3-08

(1) 個人相關

1	두뇌 頭腦	두뇌가 좋아요. 頭腦好。
2	명함【名銜】 名片；尊姓大名	명함 두 장을 주시겠어요? 可以給我兩張名片嗎？
3	성 姓	성도 이름도 없는 사람입니다. 無名無姓之人。
4	성명 姓名	성명을 여기에 쓰세요. 姓名請寫在這裡。
5	성별 性別	성별로 방을 나눠 주세요. 請按性別分配房間。
6	성함【姓銜】 姓名（이름的敬語）；尊姓大名	성함이 어떻게 되세요? 請問尊姓大名？
7	신분증 身分證	신분증을 좀 보여 주세요. 請讓我看身分證。
8	생년월일 【生年月日】 出生年月日	생년월일을 자세히 몰라요. 出生年月日不詳。

• 38

Part I 單字篇

2	뷔페 buffet 吃到飽	이 근처에 뷔페식당이 있는데 정말 맛있어요. 這附近有家吃到飽餐廳很好吃。
3	스테이크 steak 牛排	정원 씨는 항상 스테이크를 먹어요. 正元經常吃牛排。
4	스파게티 spaghetti 義大利麵	어제 친구하고 스파게티를 먹었어요. 昨天和朋友吃了義大利麵。
5	샌드위치 sandwich 三明治	야채샌드위치를 세 개 주세요. 請給我三個蔬菜三明治。
6	샐러드 salad 沙拉	맛있는 샐러드를 만들어 줄게요. 我做好吃的沙拉給你吃。
7	아이스크림 ice cream 冰淇淋	아이스크림이 아직 남아 있나요? 冰淇淋還有剩嗎？
8	우동 うどん（udon；日語） 烏龍麵	이 휴게소에는 우동의 종류가 많네요. 在這個休息站烏龍麵的種類好多耶。
9	초콜릿 chocolate 巧克力	초콜릿을 만들기는 어렵지 않아요. 巧克力做起來不困難。
10	카레 curry 咖哩	카레 볶음밥 하나 주세요. 請給我一份咖哩炒飯。

• 18

漢字語原文

漢字語部分也標示了對應的漢字語義，是中文為母語讀者的學習利器。

生活例句

每個單字皆有生活化例句，好記又實用。

重點標示

韓語例句皆用下線標示重點單字，學習零疏漏。

中文解釋

所有單字都有中文解釋，學習更有效率。

中文翻譯

例句皆輔以中文翻譯，一清二楚好學習。

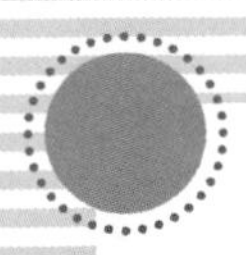

如何使用本書

Part II 文法篇

本篇分為「常用初級文法」、「文法比一比」二個部分。不管是單一文法解說、或是文法比較，皆有例句幫助辨別使用上的差異。

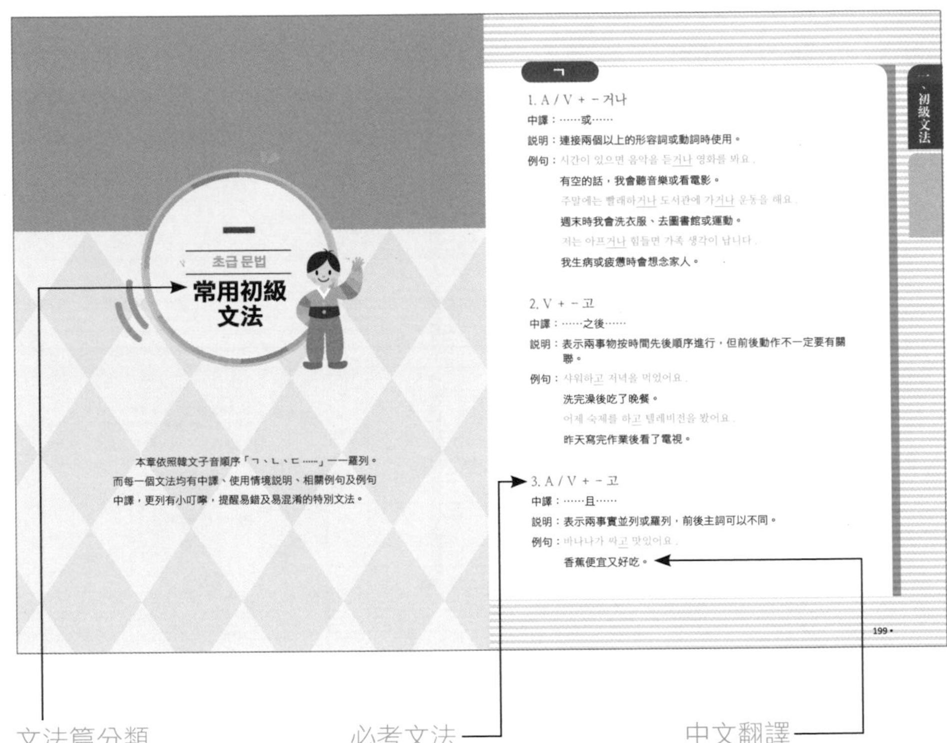

文法篇分類

文法篇分為「常用初級文法」與「文法比一比」。讀者可先依「常用初級文法」習得初級韓檢應學習的文法，之後再利用「文法比一比」釐清易混淆的部分。

必考文法

所有必考重點均挑選自歷屆考古題中最常出現的文法和句型，絕對是讀者準備韓檢的指南。此外，文法同樣依照子音順序排列方便隨時查詢。

中文翻譯

明確列出文法的相對中文意義，讓讀者一看就能清楚知道該文法的意思。

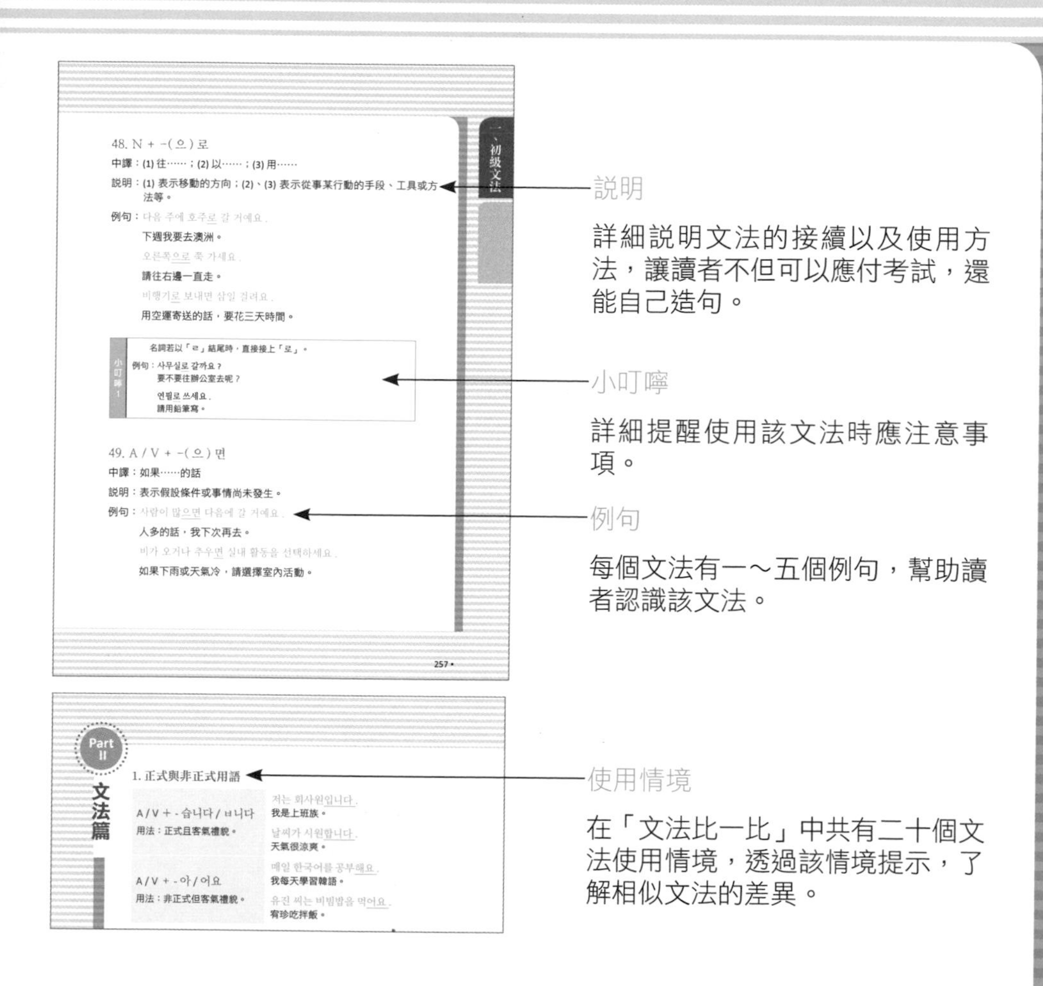

如何掃描 QR Code 下載音檔

1. 以手機內建的相機或是掃描 QR Code 的 App 掃描封面的 QR Code。
2. 點選「雲端硬碟」的連結之後，進入音檔清單畫面，接著點選畫面右上角的「三個點」。
3. 點選「新增至『已加星號』專區」一欄，星星即會變成黃色或黑色，代表加入成功。
4. 開啟電腦，打開您的「雲端硬碟」網頁，點選左側欄位的「已加星號」。
5. 選擇該音檔資料夾，點滑鼠右鍵，選擇「下載」，即可將音檔存入電腦。

目錄

作者序 002
如何使用本書 004

Part I 單字篇

一、外來語

1. 食
(1) 生鮮蔬果 017
(2) 菜餚、點心 017
(3) 飲料 019
2. 衣：穿著配件 020
3. 住：住宿、生活用品 022
4. 行：地點、場所、交通工具 024
5. 育、樂
(1) 學習、興趣、娛樂 026
(2) 職場、人際、社會生活 030
(3) 網路、通訊媒體 032
6. 國家：國家、城市、貨幣 034
7. 單位 036

二、漢字語

1. 人

(1) 個人相關 038

(2) 家族 040

(3) 醫療、疾病、藥品 041

2. 食

(1) 生鮮蔬果 042

(2) 菜餚、點心 043

(3) 飲料 046

(4) 調味料 047

3. 衣

(1) 穿著配件 047

(2) 顏色 049

4. 住：傢俱、居住環境 050

5. 行

(1) 地點、場所 052

(2) 常見標誌 058

(3) 城市、著名景點 059

(4) 交通工具 063

6. 育

(1) 學習、考試、文具 066

(2) 學校及活動 070

(3) 職業、職稱 072

(4) 職場、人際互動 077

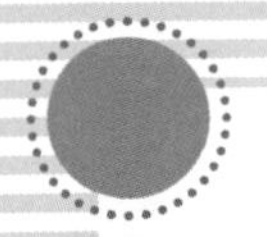

目錄

(5) 經濟、金融、商業活動 080
(6) 網路、通訊媒體 084

7. 樂
(1) 興趣、休閒活動 086
(2) 節日、慶典活動 091
(3) 國名、世界著名城市 092

8. 自然
(1) 動、植物 094
(2) 自然環境 094

9. 時間
(1) 小時、分、秒 095
(2) 日 095
(3) 週、星期 096
(4) 月 098
(5) 年 099
(6) 假期 100

10. 數字及量詞
(1) 數字 102
(2) 量詞 104

11. 動詞一：由漢字語加하다所組成 106

12. 動詞二：由漢字語加固有語所組成 117

13. 形容詞一：由漢字語加하다所組成 123

14. 形容詞二：由漢字語加固有語所組成 125

15. 副詞 128

三、固有語

1. 人

(1) 身體部位 130

(2) 家族 132

2. 食：食物名稱 134

3. 衣

(1) 穿著、配件 136

(2) 顏色、花紋 137

4. 住：住家、用品 139

5. 行

(1) 地點、場所 140

(2) 位置、方向 141

6. 育

(1) 學習相關、文具 142

(2) 經濟、金融、商業活動 143

7. 樂

(1) 興趣、休閒活動 144

(2) 節日、慶典活動 145

(3) 國名、城市 146

8. 自然

(1) 動物 146

(2) 植物 148

(3) 季節、氣候、自然環境 149

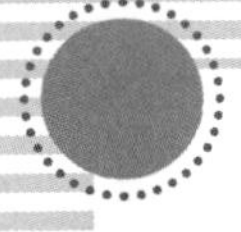

目錄

9. 時間 151

10. 數字及量詞

(1) 數字 153

(2) 量詞 155

11. 動詞一：由固有語加하다所組成 157

12. 動詞二：純固有語 158

13. 形容詞一：由固有語加하다所組成 178

14. 形容詞二：純固有語 180

15. 副詞 190

16. 疑問詞 196

Part II 文法篇

一、常用初級文法

1. ㄱ 199
2. ㄴ 208
3. ㄷ 214
4. ㄹ 219
5. ㅁ 222
6. ㅂ 224
7. ㅅ 228
8. ㅇ 230
9. ㅈ 273
10. ㅊ 277
11. ㅎ 278

詳細 126 條「常用初級文法」索引請見 p.295 附錄

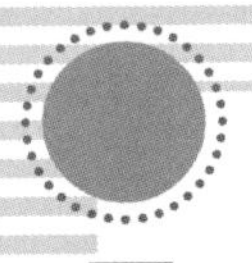

目錄

二、文法比一比

1. 正式與非正式用語 284
2. 表示「選擇」.....284
3. 表示「假設」.....284
4. 表示「並列或順序關係」.....285
5. 表示「動作前後之順序時間關係」 285
6. 表示「理由因果關係」.....286
7. 表示「意圖和目的」.....286
8. 表示「期望」.....287
9. 表示「……是……」.....287
10. 表示「僅、只」.....288
11. 地點助詞 288
12. 表示「從……到……」.....288
13. 表示「說話者意志」.....289
14. 表示「有或沒有、在或不在」.....290
15. 表示「提示說明及語氣轉折」.....290
16. 表示「動作轉換」.....291
17. 表示「提議和勸誘」.....292
18. 表示「能力」.....292
19. 表示「經驗」.....293
20. 冠形詞 293

附錄：「常用初級文法」索引

想要一舉通過 TOPIK I，必須具備約 1600 個單字量才能過關！本篇依「外來語」、「漢字語」及「固有語」順序，讓讀者循序漸進準備這些韓檢必考單字。

最特別的是，單字篇以最科學的方式分類，也就是把相關單字歸納在一起，例如食、衣、住、行……等。如此一來，讀者不但好記憶，還能觸類旁通聯想起其他相關詞彙。

此外，所有必考單字均有例句以及中文翻譯，例句中並標示出重點，還特請外籍名師將所有單字以及例句錄製成 MP3，讓您隨時隨地均可加強單字能力。

一

외래어

外來語

外來語是利用韓文字母拼出近似英語、日語、法語等外語詞彙的發音。在韓語中有一部份詞彙就是用外來語來呈現，如奇異果「키위」來自英語「kiwi」；網球「테니스」相似於英語「tennis」；計程車「택시」近以於英語「taxi」。雖然也有許多單字無法利用韓語拼音規則組合出相似發音，僅能稍微接近，如電腦「컴퓨터」只能稍微近似原英語「computer」的發音，然而對於原先已會英語的學習者而言，外來語已是最快可駕輕就熟、也是花較少時間便可快速建立單字量的部分。

1. 食

MP3-01

(1) 生鮮蔬果

1	레몬 lemon 檸檬	생선 위에 레몬을 짜세요 . 請在魚上面擠點檸檬。
2	메론 melon 哈密瓜	이 메론이 안 달아요 . 這個哈密瓜不甜。
3	바나나 banana 香蕉	저는 바나나를 좋아해요 . 我喜歡香蕉。
4	오렌지 orange 柳橙	오렌지 주스 좀 드실래요 ? 要喝些柳橙汁嗎 ?
5	키위 kiwi 奇異果	이 키위가 좀 시어요 . 這個奇異果有點酸。
6	토마토 tomato 蕃茄	토마토를 많이 샀어요 . 買了很多蕃茄。
7	파인애플 pineapple 鳳梨	하와이에는 정말 많은 파인애플이 있어요 . 在夏威夷有很多鳳梨。

(2) 菜餚、點心

1	메뉴 menu 菜單	메뉴 좀 보여 주세요 . 請給我看菜單。

2	뷔페 buffet 吃到飽	이 근처에 뷔페식당이 있는데 정말 맛있어요. 這附近有家吃到飽餐廳很好吃。
3	스테이크 steak 牛排	정원 씨는 항상 스테이크를 먹어요. 正元經常吃牛排。
4	스파게티 spaghetti 義大利麵	어제 친구하고 스파게티를 먹었어요. 昨天和朋友吃了義大利麵。
5	샌드위치 sandwich 三明治	야채샌드위치를 세 개 주세요. 請給我三個蔬菜三明治。
6	샐러드 salad 沙拉	맛있는 샐러드를 만들어 줄게요. 我做好吃的沙拉給你吃。
7	아이스크림 ice cream 冰淇淋	아이스크림이 아직 남아 있나요? 冰淇淋還有剩嗎?
8	우동 うどん(udon;日語) 烏龍麵	이 휴게소에는 우동의 종류가 많네요. 在這個休息站烏龍麵的種類好多耶。
9	초콜릿 chocolate 巧克力	초콜릿을 만들기는 어렵지 않아요. 巧克力做起來不困難。
10	카레 curry 咖哩	카레 볶음밥 하나 주세요. 請給我一份咖哩炒飯。

11	케이크 cake 蛋糕	케이크 만드는 방법을 가르쳐 주세요 . 請教我做蛋糕的方法。
12	팝콘 popcorn 爆米花	팝콘 큰 거를 주세요 . 請給我大份的爆米花。
13	피자 pizza 比薩	피자 한 판을 주문합시다 . 點一份比薩吧。
14	햄버거 hamburger 漢堡	아침에 햄버거를 세 개 먹었어요 . 早上吃了三個漢堡。

(3) 飲料

1	사이다 cider 汽水	사이다를 한 잔 드릴까요 ? 要給您一杯汽水嗎 ?
2	아이스커피 ice coffee 冰咖啡	아이스커피를 마시나요 ? 喝冰咖啡嗎 ?
3	요거트 yogurt 優格	여기에서 요거트를 파나요 ? 這裡有賣優格嗎 ?
4	에스프레소 espresso 義式咖啡	에스프레소를 좋아하시나요 ? 您喜歡義式咖啡嗎 ?

5	주스 juice 果汁	주스 한 컵을 더 주시겠어요? 請再給我一杯果汁好嗎?
6	콜라 cola 可樂	어린이들은 콜라 마시는 것을 좋아해요. 小孩都愛喝可樂。

2. 衣

MP3-02

穿著配件

1	가방 かばん (kaban;日語) 提包	그 가방이 얼마예요? 那個提包多少錢?
2	넥타이 necktie 領帶	이 넥타이가 잘 어울려요. 這條領帶很適合你。
3	디자인 design 設計	이런 디자인이 마음에 드세요? 您滿意這樣的設計嗎?
4	미니스커트 miniskirt 迷你裙	요즘 미니스커트가 유행이네요. 最近很流行迷你裙呢!
5	부츠 boots 靴子	겨울에는 많은 사람들이 부츠를 신습니다. 在冬天很多人都穿靴子。

6	블라우스 blouse 罩衫	블라우스를 이미 많이 샀어요 . 已經買了很多罩衫。
7	사이즈 size 尺寸	더 큰 사이즈로 바꿀 수 있나요 ? 可以換成更大的尺寸嗎？
8	선글라스 sunglass 太陽眼鏡	이 선글라스는 특가판매입니까 ? 這太陽眼鏡特價嗎？
9	셔츠 shirt 襯衫	이 셔츠가 정말 싸군요 . 這襯衫真便宜啊！
10	스웨터 sweater 毛衣	저 빨간색 스웨터가 참 예쁘네요 . 那件紅色毛衣真漂亮！
11	스카프 scarf 圍巾；絲巾	스카프를 찾고 있어요 . 正在找圍巾。
12	스타일 style 款式；風格	어떤 스타일을 원하십니까 ? 您想要什麼樣的款式呢？
13	스타킹 stocking 長筒襪；褲襪	정미 씨는 가을에 거의 매일 스타킹을 신어요 . 正美在秋天幾乎天天穿褲襪。
14	세일 sale 賣；降價折扣	세일 기간이 언제부터 시작되나요 ? 折扣期間從什麼時候開始呢？
15	액세서리 accessory 配件；飾品	옷과 액세서리가 잘 어울리네요 . 衣服和飾品很搭耶！

16	원피스 one-piece 上下身相連的衣服	이 원피스를 한 번 입어 보세요 . 請試穿看看這件連身洋裝。
17	점퍼 jumper 夾克	이 점퍼가 좀 무거워요 . 這夾克有點重。
18	체크무늬 check 紋 格子紋	여기에는 체크무늬가 있는 치마가 참 많아요 . 這裡格子紋的裙子真多。
19	코트 coat 外套；大衣	어떤 코트를 찾으세요 ? 您要找哪種外套呢？
20	티셔츠 T-shirt T 恤	흰색 티셔츠를 제일 좋아해요 . 我最喜歡白色 T 恤。
21	패션 fashion 流行	다음 주에 패션쇼에 갈 겁니다 . 下週要去時裝秀。

3. 住

MP3-03

住宿、生活用品

1	가스요금 gas 料金 瓦斯費	가스요금을 이미 냈어요 . 已經付瓦斯費了。
2	리모컨 remote control 遙控器	리모컨이 어디에 있어요 ? 遙控器在哪呢？

3	비디오 video 錄影帶；影片	가장 가까운 비디오 대여점에 어떻게 가야 하나요？ 最近的錄影帶出租店要怎麼去呢？
4	빌딩 building 大廈；建築物	저희 회사는 저 앞 빌딩에 있어요 . 我們公司在前面那棟大廈裡。
5	베란다 veranda 陽台	베란다에서 담배를 피우지 마세요 . 請不要在陽台抽菸。
6	샤워 shower 淋浴	그녀는 샤워하고 있는 중이에요 . 她正在淋浴。
7	소파 sofa 沙發	그는 소파에 기대고 있어요 . 他正靠在沙發上。
8	슬리퍼 slipper 拖鞋	슬리퍼를 신고 들어오세요 . 請穿拖鞋進來。
9	아파트 apartment 公寓	저희 아파트가 좁고 시끄러워요 . 我們公寓又窄又吵雜。
10	알람 alarm 鬧鐘	오늘 새벽에 알람을 끄고 잤어요 . 今天清晨關掉鬧鐘後睡著了。

11	에어컨 air conditioner 冷氣	에어컨을 켜 주세요 . 請幫我打開冷氣。
12	엘리베이터 elevator 電梯	엘리베이터를 타세요 . 請搭乘電梯。
13	테이블 table 桌子	테이블 만드는 방법을 알려 주시겠어요 ? 可以告訴我做桌子的方法嗎？
14	텔레비전 television 電視	요즘 너무 바빠서 텔레비전을 볼 시간이 없어요 . 最近太忙所以沒時間看電視。

4. 行

MP3-04

地點、場所、交通工具

1	게스트하우스 guest house 民宿	이 게스트하우스에 어떻게 가요 ? 這間民宿要怎麼去呢？
2	N 서울타워 N 首爾 tower N 首爾塔	남산에는 N 서울타워가 있어요 . 在南山有 N 首爾塔。

3	로비 lobby 大廳	오후 한 시에 로비에서 만나요. 下午一點在大廳見面。
4	모텔 motel 汽車旅館	그 모텔은 손님이 많아요. 那間汽車旅館客人很多。
5	버스 bus 公車	여기에서 서울역까지 가는 버스가 있어요? 這裡有到首爾站的公車嗎?
6	비즈니스석 business 席 商務艙	저는 아직 한 번도 비즈니스석을 못 타 봤어요. 我連一次都還沒搭過商務艙。
7	빌라 villa 別墅	빌라 한 채를 사려고 하는데요. 我打算買一棟別墅。
8	슈퍼마켓 supermarket 超級市場	요즘 슈퍼마켓에 특이한 색의 토마토들이 많습니다. 最近超市裡有許多顏色特別的番茄。
9	오토바이 auto bicycle 摩托車	오토바이 한 대를 살게요. 我要買一台摩托車。
10	오피스텔 officetel 住商兩用大樓	오피스텔에서 살아요. 我住在住商兩用大樓。
11	원룸 one room 套房	지난 삼년 동안 원룸에서 살았어요. 我過去三年都住套房。

12	서비스 센터 service center 服務中心	서비스 센터가 어디에 있나요? 服務中心在哪裡呢?
13	커피숍 / 카페 coffee shop / café 咖啡廳	커피숍에서 저녁을 먹었어요. 在咖啡廳吃了晚餐。
14	키 key 鑰匙	키를 찾고 있어요. 正在找鑰匙。
15	터미널 terminal (客運)總站;轉運站	여기는 대전 터미널입니다. 這裡是大田轉運站。
16	택시 taxi 計程車	시간이 없어서 택시를 타고 왔어요. 因為沒有時間,所以我搭計程車來了。
17	호텔 hotel 旅館	좋은 호텔이 있으면 추천해 주세요. 若有好的旅館,請推薦給我。

5. 育、樂

MP3-05

(1) 學習、興趣、娛樂

1	가이드북 guide book 導覽手冊	여기에 중국어 가이드북이 있나요? 請問這裡有中文導覽手冊嗎?

2	골프 golf 高爾夫球	골프를 오래 배웠습니다 . 그래서 잘 칩니다 . 我學了很久的高爾夫球。所以打得很好。
3	기타 guitar 吉他	내일 기타를 받을 수 있을 겁니다 . 明天可以收到吉他。
4	게임 game 比賽；遊戲	요즘 학생들이 컴퓨터 게임을 아주 좋아하는 것 같아요 . 最近學生們好像很喜歡電腦遊戲。
5	리포트 report 報告	내일 리포트를 발표해야 합니다 . 明天要進行報告。
6	뮤지컬 musical 音樂劇	뮤지컬을 좋아하세요 ? 您喜歡音樂劇嗎 ?
7	메모 memo 筆記；便條紙	메모를 남겨 드릴까요 ? 要為您留言嗎 ?
8	바이올린 violin 小提琴	가게에 가서 바이올린을 살 겁니다 . 我要去店裡買小提琴。
9	번지 점프 bungee jump 高空彈跳	이번 주말에 같이 번지 점프를 할까요 ? 這週末要不要一起去高空彈跳呢 ?
10	볼펜 ballpoint pen 原子筆；圓珠筆	볼펜 좀 빌려 주시겠어요 ? 可以借我原子筆嗎 ?

11	쇼핑 shopping 購物	슈퍼마켓에 가서 쇼핑했어요 . 去超市購物了。
12	스쿠버다이빙 scuba-diving 潛水	제 취미는 스키와 스쿠버다이빙입니다 . 我的興趣是滑雪和潛水。
13	스키 ski 滑雪	어제 형과 스키장에 처음 갔습니다 . 昨天和哥哥第一次去滑雪場。
14	스케이트 skate 溜冰	스케이트를 잘 못 타요 . 我不太會溜冰。
15	스포츠 sports 體育；運動	매일 스포츠 뉴스를 봐요 . 我每天看體育新聞。
16	스포츠 센터 sport center 運動中心	스포츠 센터에 자주 가요 . 我常去運動中心。
17	올림픽 Olympic 奧林匹克運動會	어제 올림픽 경기를 봤어요？ 昨天看奧運比賽了嗎？
18	요가 yoga 瑜珈	요가를 배우고 있습니다 . 正在學瑜珈。
19	애니메이션 animation 動畫	아이들이 애니메이션을 좋아해요 . 孩子們喜歡動畫。

20	액션 영화 action 映畫 動作片	남자는 여자보다 액션 영화를 더 좋아해요. 男生比女生更喜歡動作片。
21	월드컵 World Cup 世界盃	월드컵 축구 경기 봤어요? 看世界盃足球賽了嗎?
22	재즈 jazz 爵士樂	언니는 재즈를 가르쳐요. 姊姊在教爵士樂。
23	제스처 gesture 手勢;姿態;動作	강의할 때는 제스처가 매우 중요합니다. 講課時手勢非常重要。
24	컴퓨터 게임 computer game 電腦遊戲	컴퓨터 게임을 할 줄 몰라요. 我不會玩電腦遊戲。
25	코미디 comedy 喜劇	그 영화는 로맨틱 코미디입니다. 那部電影是浪漫喜劇。
26	콘서트 concert 音樂會;演唱會	콘서트를 엽니다. 舉辦音樂會。
27	퀴즈 quiz 測驗(題目);問題	퀴즈를 풀어 주세요. 請解答問題。
28	팀 team 團隊	우리 팀이 계속 이기면 좋겠습니다. 我們的球隊若能繼續贏就太好了。

29	테니스 tennis 網球	그 테니스 스타를 아세요？ 認識那位網球明星嗎？
30	피아노 piano 鋼琴	피아노를 칩니다. 彈鋼琴。
31	패키지 여행 package 旅行 套裝旅遊	패키지 여행보다 배낭여행을 더 좋아해요. 比起套裝旅遊，我更喜歡自助旅行。

(2) 職場、人際、社會生活

1	가이드 guide 導遊	오전 열 시에 중국어 가이드와 영어 가이드가 있습니다. 上午十點有中文導遊和英文導遊。
2	다이어트 diet 節食；減重	다이어트를 할래요. 我要節食減重。
3	데이트 date 約會；日期	오늘 데이트는 어땠어요？ 今天的約會如何呢？
4	룸메이트 roommate 室友	룸메이트가 네 명 있어요. 有四名室友。
5	마사지 massage 按摩	어깨를 마사지하고 있어요. 正在按摩肩膀。
6	미팅 meeting 聯誼；會議	오늘 저녁에 미팅이 있어요. 今天晚上有聯誼。

7	사인 sign 簽名	여기에 사인해 주세요 . 請在這裡簽名。
8	스케줄 schedule 行程；日程	스케줄을 잘 잡으세요 . 請好好安排行程。
9	스트레스 stress 壓力	스트레스를 푸는 방법이 정말 많아요 . 紓解壓力的方法有很多。
10	아르바이트 arbeit（德語） 打工	아르바이트를 할게요 . 我要打工。
11	인터뷰 interview 採訪；面試	인터뷰를 할 때 너무 긴장하지 마세요 . 採訪時請不要太緊張。
12	웨딩 wedding 婚禮	웨딩드레스를 고르고 웨딩사진을 찍었어요 . 挑好婚紗後拍了婚紗照。
13	웨이터 waiter 服務生	웨이터를 불러 주세요 . 請幫我叫服務生。
14	카드 card 卡片	서점에 카드를 사러 갈 겁니다 . 要去書店買卡片。
15	크리스마스 Christmas 聖誕節	크리스마스에 어디에 가고 싶어요 ? 聖誕節想去哪呢 ?

Part I

單字篇

16	탤런트 / 스타 talent / star 演員；明星	그 분은 유명한 탤런트세요 . 那位是有名的演員。
17	파티 party 宴會；派對	파티를 합니다 . 舉辦派對。
18	프러포즈 propose 求婚	반지를 사서 프러포즈를 할 겁니다 . 買戒指後要求婚。

(3) 網路、通訊媒體

1	노트북 notebook 筆記型電腦	이 노트북은 무거워서 좀 불편해요 . 這台筆電太重了不太方便。
2	뉴스 news 新聞	오늘 톱 뉴스를 아세요 ? 您知道今天的頭條新聞嗎？
3	드라마 drama 電視劇；連續劇	친구와 같이 드라마를 보려고 합니다 . 打算和朋友一起看連續劇。
4	라디오 radio 收音機；廣播	라디오가 고장났어요 . 收音機故障了。
5	메시지 message 訊息	이따가 메시지를 보낼게요 . 等一下傳訊息給你。
6	블로그 blog 部落格	이건 제 블로그입니다 . 這是我的部落格。

7	스마트폰 smart phone 智慧型手機	스마트폰은 용도가 다양합니다 . 智慧型手機的用途很多樣化。
8	이메일 email 電子郵件	앞으로 우리 이메일로 연락합시다 . 往後我們用電子郵件聯絡吧。
9	인터넷 internet 網際網路	지금 인터넷 회사에 다녀요 . 現在在網路公司上班。
10	카메라 camera 照相機	카메라가 없어요 . 我沒有照相機。
11	컴퓨터 computer 電腦	컴퓨터를 받고 싶어요 . 想收到電腦。
12	프로그램 program 節目	어떤 프로그램을 자주 봐요 ? 常收看哪種節目呢？
13	필름 film 底片；膠卷；影片	필름이 없었습니다 . 沒有底片了。
14	홈페이지 homepage 網頁	먼저 이 홈페이지를 여세요 . 首先，請打開此網頁。
15	핸드폰 hand phone 手機	이 핸드폰을 보여 주세요 . 請讓我看這手機。

Part I

單字篇

6. 國家

MP3-06

國家、城市、貨幣

1	뉴욕 New York 紐約	뉴욕 핫도그를 먹어 봤어요？ 吃過紐約熱狗嗎？
2	도쿄 Tokyo 東京	도쿄에 간 적 있어요？ 去過東京嗎？
3	달러 dollar 美元	오백 달러를 바꿔 주세요. 我要換五百美元。
4	러시아 Russia 俄國	러시아어가 무척 어렵네요. 俄語特別難！
5	런던 London 倫敦	런던에서 결혼했어요. 我在倫敦結婚了。
6	멕시코 Mexico 墨西哥	멕시코에 갈 겁니다. 我要去墨西哥。
7	브라질 Brazil 巴西	브라질은 축구의 왕국입니다. 巴西是足球的王國。
8	베트남 Vietnam 越南	룸메이트는 베트남 사람입니다. 室友是越南人。
9	스페인 Spain 西班牙	스페인어를 잘해요？ 你很會說西班牙文嗎？

10	싱가포르 Singapore 新加坡	싱가포르는 거리가 엄청 깨끗해요 . 新加坡街道相當乾淨。
11	아시아 Asia 亞洲	아시아 경기 대회가 시작했습니다 . 亞運會開始了。
12	아프리카 Africa 非洲	아프리카 여행을 가기로 결정했어요 . 我決定要去非洲旅行。
13	유럽 Europe 歐洲	유럽 여행을 한번 가고 싶어요 . 我想去一次歐洲旅行。
14	유로 euro 歐元	유로를 한국돈으로 바꾸고 싶은데요 . 我想把歐元換成韓幣。
15	이집트 Egypt 埃及	이집트 패키지 여행이 있나요 ? 有埃及的套裝旅遊嗎？
16	엔 en （えん；日語）日幣	삼만 엔을 바꿔 주시겠어요 ? 可以幫我換三萬元日幣嗎？
17	캐나다 Canada 加拿大	캐나다대사관에 어떻게 가야 하나요 ? 要怎麼去加拿大大使館呢？
18	타이완 Taiwan 台灣	타이완에서 왔어요 . 我來自台灣。
19	파키스탄 Pakistan 巴基斯坦	파키스탄에서 왔어요 . 我來自巴基斯坦。
20	프랑스 France 法國	그 분은 프랑스 사람이에요 ? 那位是法國人嗎？

7. 單位

MP3-07

1	센티미터 centimeter 公分	상처가 삼센티미터입니다 . 傷口長三公分。
2	인치 inch 吋	이십칠인치 밖에 없어요 . （長度）只有二十七吋而已。
3	박스 box 箱	티슈 두 박스 주세요 . 請給我兩箱面紙。
4	컵 cup 杯	유리컵을 살게요 . 我要買玻璃杯。
5	킬로그램 kilogram 千克；公斤	오십킬로그램입니다 . 是五十公斤。
6	킬로미터 kilometer 千米；公里	일마일의 거리는 몇 킬로미터인가요 ? 一英里的距離是幾公里呢？

二
한자어
漢字語

漢字語即是由一個或二個以上的漢字結合，拿來當成韓語使用的單字。學習者可搭配 MP3 或網路字典，聆聽這類單字的發音，如圖書館「도서관」、化粧室「화장실」、或學生「학생」等，相信很快就能猜對其相對的中文意思。但有些漢字語，像朋友「친구」的漢字為【親舊】、商店「가게」的漢字為【假家】，這些單字則需意會其涵義才較容易背誦起來。但無論如何，對母語為中文的學習者而言，漢字語已經是能在短期間內吸收並累積單字量的部分。

1. 人

MP3-08

(1) 個人相關

1	두뇌 頭腦	두뇌가 좋아요. 頭腦好。
2	명함【名銜】 名片；尊姓大名	명함 두 장을 주시겠어요? 可以給我兩張名片嗎?
3	성 姓	성도 이름도 없는 사람입니다. 無名無姓之人。
4	성명 姓名	성명을 여기에 쓰세요. 姓名請寫在這裡。
5	성별 性別	성별로 방을 나눠 주세요. 請按性別分配房間。
6	성함【姓銜】 姓名（이름的敬語）；尊姓大名	성함이 어떻게 되세요? 請問尊姓大名?
7	신분증 身分證	신분증을 좀 보여 주세요. 請讓我看身分證。
8	생년월일 【生年月日】 出生年月日	생년월일을 자세히 몰라요. 出生年月日不詳。

9	생신 生辰（생일的敬語）	생신 축하드립니다. 祝您生日快樂。
10	생일 生日	이번 생일에 뭘 받고 싶어요？ 這次生日想收到什麼呢？
11	여권【旅券】 護照	여권하고 증명 사진을 주세요. 請給我護照和證件照。
12	연락처【連絡處】 通訊地址	연락처도 써야 됩니다. 通訊地址也需要寫。
13	연세【年歲】 年紀（나이的敬語）；歲數	올해 연세가 어떻게 되세요？ 您今年貴庚呢？
14	외국인 등록증 外國人登錄證	외국인 등록증을 만들고 싶은데요. 我想辦外國人登錄證。
15	외모 外貌	외모가 그렇게 중요해요？ 外貌有那麼重要嗎？
16	자신 自信；自身；自己	자신 있어요. 有自信。
17	전화번호 電話號碼	전화번호가 몇 번이에요？ 電話號碼是幾號呢？
18	휴대폰 번호 手機號碼	휴대폰 번호를 알려 주세요. 請告訴我手機號碼。

Part I

單字篇

(2) 家族

1	가족【家族】 家族；家人；家庭	저는 가족과 생일 파티를 했습니다 . 我和家人一起辦了生日派對。
2	가족사진 【家族寫真】 全家福；全家合影	가족사진을 찍어 주세요 . 請幫我們照全家福。
3	남동생【男同生】 弟弟	남동생이 회사에 다녀요 . 弟弟到公司上班。
4	남편【男便】 丈夫	남편이 군인입니다 . 先生是軍人。
5	부모 父母	부모님이 지금 집에 계세요 . 父母現在在家裡。
6	여동생【女同生】 妹妹	여동생이 없어요 . 我沒有妹妹。
7	자매 姐妹	친구가 친 자매인 것 같아요 . 朋友就像親姐妹一樣。
8	조상【祖上】 祖先	구약성경에 나타난 아브라함은 믿음의 조상이 되었습니다 . 舊約聖經中提及的亞伯拉罕成為了信心的祖先。
9	형【兄】 （男生稱）哥哥	형 세 명이 있어요 . 我有三位哥哥。

10	형제 兄弟	형제 사이가 어때요？ 兄弟間（關係、感情）如何呢？

(3) 醫療、疾病、藥品

1	감기약【感氣藥】 感冒藥	감기약을 하루에 세 번 드세요． 請一天服用三次感冒藥。
2	내과 內科	배가 아파서 내과에 가요． 肚子痛所以去看內科。
3	두통약 頭痛藥	두통약을 사러 갈게요． 我去買頭痛藥。
4	소화제【消化劑】 胃腸藥	소화제가 있나요？ 有胃腸藥嗎？
5	신경정신과 神經精神科	계속 우울해서 신경정신과에 가요． 一直悶悶不樂，所以去（看）精神科。
6	안과 眼科	눈이 잘 안 보여요．그래서 안과에 갈 거예요． 眼睛看不清楚。所以要去看眼科。
7	약 藥	밥을 먹고 약을 먹습니다． 飯後吃藥。
8	영양제 營養劑	이 영양제를 드세요． 請服用這營養劑。

9	이비인후과 【耳鼻咽喉科】 耳鼻喉科	감기에 걸려서 이비인후과에 갔어요. 感冒所以去（看）了耳鼻喉科。
10	정형외과 【整形外科】 整形外科	좋은 정형외과 의사를 추천해 주세요. 請推薦好的整形外科醫師給我。
11	치과【齒科】 牙科	충치가 생겼어요. 치과에 가요. 我有蛀牙。要去（看）牙科。
12	피부과 皮膚科	몸이 가려워서 피부과에 갔어요. 身體癢所以去（看）了皮膚科。
13	해열제【解熱劑】 退燒藥	해열제를 주세요. 請給我退燒藥。

2. 食

MP3-09

(1) 生鮮蔬果

1	곡식【穀食】 穀物、糧食	곡식은 건강에도 좋은 음식입니다. 穀物是對健康好的食物。
2	귤【橘】 橘子	귤을 따요. 摘橘子。
3	계란【鷄卵】 雞蛋	계란 볶음밥 이인분 주세요. 請給我兩人份蛋炒飯。

4	망고 芒果	망고가 아주 많이 맛있어요 . 芒果非常好吃。
5	사과【沙果】 蘋果	사과가 싸요 ? 蘋果便宜嗎 ?
6	생선【生鮮】 鮮魚；魚	생선이 싱싱해요 . 魚很新鮮。
7	야채【野菜】 蔬菜	야채 비빔밥 하나 주세요 . 請給我一份蔬菜拌飯。
8	인삼 人蔘	인삼차를 한번 드셔 보세요 . 請嚐一次人蔘茶看看。
9	채소【菜蔬】 蔬菜	그는 채소를 거의 안 먹어요 . 他幾乎不吃蔬菜。
10	포도 葡萄	포도가 좀 시어요 . 葡萄有點酸。

(2) 菜餚、點心

1	간식【間食】 零食；點心	우리 간식으로 붕어빵을 먹읍시다 . 我們點心來吃鯛魚燒吧。
2	과자【菓子】 點心；餅乾	어제 일이 너무 많아서 과자만 먹었어요 . 昨天事情太多，所以只吃了餅乾。

3	냉면【冷麵】 冷麵	냉면 세 그릇 주세요. 請給我們三碗冷麵。
4	라면【拉麵】 泡麵	라면을 많이 먹지 마세요. 請不要吃太多泡麵。
5	삼계탕【蔘雞湯】 人蔘雞	삼계탕을 제일 좋아해요. 我最喜歡人蔘雞。
6	사탕【雪糖；屑糖】 糖果	이 사탕은 칼로리가 매우 낮아요. 這糖果熱量很低。
7	설렁탕【先濃湯】 牛雜湯	여기 설렁탕은 정말 최고예요. 這裡的牛雜湯很棒。
8	송편【松餅】 松年糕	송편이 언제부터 한가위에 먹는 음식이 되었는지는 잘 모르겠어요. 不太清楚松年糕是從什麼時候開始成為中秋節吃的食物。
9	식사【食事】 用餐	팀장님, 식사하셨어요? 組長，您用過餐了嗎？
10	생선회【生鮮膾】 生魚片	생선회 한 접시 주세요. 請來一盤生魚片。
11	양식【洋食】 西餐；西式	양식 요리중에는 뭐를 제일 좋아해요? 西式料理中最喜歡什麼呢？
12	요리【料理】 料理	저는 요리를 못합니다. 我不會做料理。

13	음식【飲食】 飲食；食物	아주머니들이 맛있는 음식을 만들어서 팔고 있었습니다. 大嬸們做了美味的食物去賣。
14	일식【日食】 日式料理；日式	어떤 사람들은 일식 요리를 굉장히 좋아해요. 有些人非常喜歡日式料理。
15	짜장면 炸醬麵	짜장면이 별로 안 달아요. 炸醬麵不太甜。
16	잡채【雜菜】 炒什錦菜；雜燴	제가 좋아하는 요리는 잡채예요. 我喜歡的料理是炒什錦菜。
17	점심【點心】 午餐；點心	점심을 드셨어요? 用過午餐了嗎？
18	중식【中食】 中式餐點；中式	중식 요리는 정말 맛있어요. 中式料理真好吃。
19	재료 材料	불고기를 만들려면 어떤 재료가 필요해요? 要做（韓式）烤肉的話，需要什麼樣的材料呢？
20	한과【韓菓】 韓菓；韓式點心	한과문화박물관에 가 봤어요? 去過韓菓文化博物館嗎？
21	한식【韓食】 韓式餐點；韓式	한식 요리는 굉장히 매운 편인가요? 韓式料理會很辣嗎？

22	한정식【韓定食】 韓式套餐	한정식을 먹어본 적이 없어요. 我從未吃過韓式套餐。
23	후식【後食】 （飯後吃的）甜點	후식으로 딸기 케이크를 드실래요？ 甜點要吃草莓蛋糕嗎？

(3) 飲料

1	녹차 綠茶	녹차 한 잔을 더 주시겠어요？ 可以再給我一杯綠茶嗎？
2	맥주【麥酒】 啤酒	맥주를 더 이상 마시지 마세요. 이미 취했어요. 不要再喝啤酒。你已經醉了。
3	소주 燒酒	삼겹살 이인분하고 소주 두 병 주세요. 請給我兩人份五花肉及兩瓶燒酒。
4	식혜【甜米釀】 甜米露	식혜를 좋아해요？ 喜歡甜米露嗎？
5	우유【牛乳】 牛奶	우유 한 컵 주세요. 請給我一杯牛奶。
6	음료수【飲料水】 飲料；飲用水	음료수 좀 드시겠어요？ 要喝些什麼飲料嗎？
7	탄산음료 碳酸飲料	탄산음료를 자주 마시지 말아요. 不要常喝碳酸飲料。

8	홍차 紅茶	여기는 홍차가 괜찮아요 . 這裡的紅茶很不錯。

(4) **調味料**

1	고추【字源：고초 苦草】 辣椒	고추가 너무 매워요 . 辣椒很辣。
2	고추장 辣椒醬	맛있는 부대찌개를 만들려면 고추장이 필요해요 . 要做好吃的部隊鍋的話，需要辣椒醬。
3	설탕【砂糖】 糖（調味用）	설탕을 빼고 주세요 . 請不要放糖。
4	후추 胡椒	후추가 들어가요？ 裡面有放胡椒嗎？

3. 衣

MP3-10

(1) **穿著配件**

1	등산화【登山靴】 登山鞋	등산화 고르는 법을 가르쳐 주세요 . 請教我挑登山鞋的方法。
2	모자 帽子	모자를 써요 . 戴帽子。

3	세제【洗劑】 洗衣粉	한국에서는 친구가 이사를 하고 새 집으로 초대하면 세제를 사 갑니다 . 在韓國，朋友搬家後在新家招待的話，會買洗衣粉過去。
4	안경 眼鏡	저기 안경을 쓴 남자는 누구세요 ? 那裡戴眼鏡的男生是誰呢？
5	양복【洋服】 西裝	이 양복을 한 번 입어 보세요 . 請試穿這件西裝看看。
6	우산 雨傘	오늘 우산을 안 가져왔어요 . 我今天沒帶雨傘來。
7	운동화【運動靴】 運動鞋	운동화 한 켤레를 골라 주세요 . 請幫我挑一雙運動鞋。
8	장갑【掌匣】 手套	너무 추워서 장갑을 끼었어요 . 太冷了，所以戴了手套。
9	지갑【紙匣】 錢包；皮夾	지갑을 다시 찾아서 정말 다행이었습니다 . 能找回皮夾真是太幸運了。
10	청바지【青바지】 牛仔褲	이 청바지는 너무 끼어서 불편해요 . 這牛仔褲太緊了不舒適。
11	태권도복 跆拳道服	태권도를 배울 때는 태권도복을 입습니다 . 學跆拳道時要穿跆拳道服。

12	한복 韓服	예쁜 한복을 사려고 해요 . 我打算買漂亮的韓服。

(2) 顏色

1	갈색 褐色	어떤 사람은 갈색 피부를 좋아해요 . 有的人喜歡褐色皮膚。
2	녹색 綠色	녹색 상의를 입었어요 . 穿了綠色上衣。
3	분홍색 粉紅色	저기 분홍색 치마를 입은 여자는 제 후배예요 . 那邊穿粉紅裙子的女生是我學妹。
4	주황색【朱黃色】 橘色	요즘 주황색 외투가 유행이네요 . 最近橘色的外套很流行耶。
5	연두색【軟豆色】 淺綠色	이 연두색 봄옷이 참 예쁘네요 . 這淺綠色的春裝真漂亮耶！。
6	초록색 草綠色	저는 초록색 옷을 제일 좋아해요 . 我最喜歡草綠色的衣服。
7	회색 灰色	회색은 별로 안 좋아해요 . 我不太喜歡灰色。

4. 住

MP3-11

傢俱、居住環境

1	거실【居室】 客廳	오후 3 시에 거실에서 파티를 할 거예요 . 下午 3 點要在客廳舉辦派對。
2	기숙사【寄宿舍】 宿舍	학교에서 기숙사까지 멀어요 ? 從學校到宿舍很遠嗎 ?
3	냉장고【冷藏庫】 冰箱	제 방에는 냉장고가 없어요 . 我房間沒有冰箱。
4	댁【宅】 府上（집的敬語）	이 선생님 댁이지요 ? 請問是李老師的府上對吧 ?
5	방 房	아이들 침대가 방에 있습니다 . 孩子的床在房間。
6	빈방【빈房】 空房	빈방이 춥습니다 . 창문을 닫읍시다 . 空房很冷。關上窗戶吧 !
7	상자 箱子	상자에 많이 쓰는 물건들이 있습니다 . 箱子裡有許多常用的東西。
8	숙소【宿所】 住處	숙소가 어디에 있습니까 ? 您住在哪呢 ?
9	실내 室內	여기 실내 환경이 참 좋아요 . 這裡室內環境真好。

10	유리【琉璃】 玻璃	더 큰 유리 거울을 사고 싶어요 . 我想買更大的玻璃鏡子。
11	의자 椅子	의자 두 개가 필요합니다 . 我們需要兩張椅子。
12	정문 正門	반 시간 후에 정문 앞에서 만나요 . 半小時後在正門前見面。
13	주변 환경 周邊環境	주변 환경이 어때요 ? 周邊的環境如何呢 ?
14	주택 住宅	어떤 주택을 원하십니까 ? 您想要找哪種住宅呢 ?
15	창구 窗口	여권을 만들려면 저 창구로 가세요 . 要辦護照的話請至那個窗口。
16	창문【窗門】 窗戶	창문을 닫아 주세요 . 고마워요 . 請幫忙關窗。謝謝。
17	침대【寢臺】 床	아이들이 잘 침대가 필요해요 . 需要孩子們睡覺的床。
18	책상【冊床】 書桌	남자는 책상 만드는 방법을 알고 있습니다 . 男子知道製作書桌的方法。
19	현관 玄關	이 현관이 너무 넓어요 . 這玄關好寬敞。

20	휴지【休紙】 衛生紙；廢紙	휴지로 코를 풀어요 . 用衛生紙擤鼻涕。

5. 行

MP3-12

(1) 地點、場所

1	가게【字源:가가 假家】 商店	여자는 옷 가게에서 일합니다 . 女子在服飾店工作。
2	건축물 建築物	그 건축물은 어떤 회사입니까 ? 那建築物是什麼樣的公司呢 ?
3	경기장【競技場】 比賽場地	먼저 경기장에 갈게요 . 我先去比賽場地。
4	경비실【警備室】 警衛室	경비실에서 놓아 주세요 . 請幫我放在警衛室。
5	경찰서【警察署】 警察局	여보세요 . 경찰서죠 ? 喂！是警察局吧 ?
6	고시원 考試院	고시원에 가려고 하는데 길을 잃었어요 . 想要去考試院但是迷路了。
7	고향 故鄉	고향 생각이 납니다 . 想起故鄉。

8	공간 空間	생활 공간이 너무 좁아요. 生活空間太狹窄。
9	공연장【公演場】 表演場地；劇場	야외 공연장에서 공연을 하다가 감기에 걸렸어요. 在露天劇場演出時著涼了。
10	공원 公園	공원에 갔어요. 去了公園。
11	공항【空港】 機場	공항에서 지갑을 잃어버렸습니다. 在機場遺失了皮夾。
12	교실 教室	삼 층 교실에서 만납니다. 在三樓教室見。
13	교회 教會	일요일에는 우리 같이 교회에 갑시다. 星期日我們一起上教會吧。
14	국립극장 國立劇場	국립극장에서는 무엇을 공연합니까? 國立劇場在上映什麼呢？
15	극장 劇場；電影院	이번 주말에 극장에 갈까요? 這個週末要不要去電影院呢？
16	근처【近處】 附近	집 근처 가구 만드는 곳에 가서 옷장을 만들고 있어요. 去我家附近製作傢俱的地方製作衣櫃。
17	기차역【汽車驛】 火車站	기차역에 내렸어요. 在火車站下車了。

18	광장 廣場	여의도 광장에서 만나요 . 在汝矣島廣場見吧。
19	놀이공원【놀이公園】 遊樂園	어린이 날에는 부모님들이 아이들을 데리고 놀이공원에 갑니다 . 在兒童節父母會帶孩子去遊樂園。
20	도서관 圖書館	미안해요 . 도서관에 있어서 전화 못 받았어요 . 不好意思。在圖書館所以無法接電話。
21	도시 都市	도시에서 사는 게 어때요 ? 住在都市如何呢 ?
22	대사관 大使館	대사관에 가는 길을 알려 주세요 . 감사합니다 . 請告訴我去大使館的路。謝謝。
23	문구점 文具店	저기 모퉁이에 문구점이 있어요 . 那角落有間文具店。
24	문화 센터 【文化 center】 文化中心	오늘 친구와 문화 센터에서 만나서 구경했어요 . 今天和朋友在文化中心見面後（一起）參觀了。
25	미술관 美術館	미술관에 자주 오고 싶습니다 . 我想常常來美術館。
26	미용실【美容室】 美容院	미용실에 자주 가요 ? 你常常去美容院嗎 ?

27	민박 民宿	괜찮은 민박 좀 추천해 줘어요 . 介紹給我不錯的民宿。
28	민속촌 民俗村	민속촌에는 구경거리가 많아요 . 在民俗村值得看的東西很多。
29	박물관 博物館	한국에는 떡 박물관이 있어요 . 在韓國有年糕博物館。
30	방송국【放送局】 電視台	방송국에 갔다 왔어요 . 我去了一趟電視台。
31	병원【病院】 醫院	그 병원은 은행 옆에 있어요 . 那間醫院在銀行旁邊。
32	보건소【保健所】 衛生所	가장 가까운 보건소에 어떻게 가야 하나요 ? 最近的衛生所應該怎麼去呢 ?
33	부동산【不動產】 房地產	필승 부동산중개소에 어떻게 가요 ? 必勝房地產仲介所要怎麼去呢 ?
34	백화점【百貨店】 百貨公司	백화점이 생긴 후에는 시장에 가지 않았습니다 . 有百貨公司後就再也沒去市場了。
35	사무실【事務室】 辦公室	먼저 사무실로 가세요 . 請先前往辦公室。
36	서점 書店	대만의 서점에서 한국어 학습책을 살 수 있어요 . 在台灣的書店可以買到韓語學習書。

Part I

單字篇

37	수산 시장 水產市場	가끔 어머니와 같이 수산 시장에 갈 겁니다. 偶爾會和母親一起去水產市場。
38	수영장【水泳場】 游泳池	여름에는 매일 수영장에 갈 거예요. 在夏天每天都會去游泳池。
39	시내【市內】 市區	시내에서 주차하는 것은 너무 어려워요. 在市區停車很困難。
40	시장 市場	시장에 가면 뭘 사고 싶어요? 去市場的話想買什麼呢?
41	식당【食堂】 餐廳	이 식당은 뭐가 맛있어요? 這家餐廳什麼好吃呢?
42	신문사【新聞社】 報社	저는 신문사에 다녀요. 我在報社上班。
43	세탁소【洗濯所】 洗衣店	세탁소에 갔다 올게요. 我去一趟洗衣店。
44	야구장【野球場】 棒球場	그는 야구장에서 제가 본 사람 중에 가장 빨랐어요. 他是我見過在棒球場上跑得最快的人。
45	야시장【夜市場】 夜市	야시장을 구경하고 싶어요. 我想逛夜市。
46	약국 藥局	학교 앞에 새 약국이 문을 열었습니다. 學校前有家新的藥局開張了。

47	언어교육원 【語言教育院】 語言中心	언어교육원에서 한국어를 배우고 있어요 . 我正在語言中心學習韓文。
48	여행사 旅行社	여행사를 통해 비행기 표를 예매할 수 있어요 . 可以透過旅行社訂機票。
49	연습실 練習室	그녀는 혼자 하루 종일 연습실에 있어요 . 她一整天獨自待在練習室。
50	온천 溫泉	겨울에 온천에서 목욕하고 싶어요 . 冬天想在溫泉洗澡。
51	우체국【郵遞局】 郵局	한국의 우체국 간판은 빨간색이고 제비의 그림이 있습니다 . 韓國郵局的招牌是紅色，而且有著燕子的圖案。
52	운동장 運動場	매일 운동장에서 조깅해요 . 每天在運動場慢跑。
53	유실물센터 【遺失物 center】 失物招領中心	이거는 지하철 유실물센터에서 찾았어요 . 這個是在地鐵站失物招領中心找到的。
54	은행 銀行	은행에 가서 통장을 만들고 싶은데요 . 想去銀行辦存摺。
55	위치 位置	이 빌딩은 위치가 좋지 않아요 . 這大樓的位置不好。

56	장소 場所	오늘 회식의 장소를 정했어요 . 今天聚餐的場所已確定了。
57	정류장【停留場】 公車停靠站；計程車招呼站	택시 정류장이 어디에 있나요 ? 計程車招呼站在哪裡呢？
58	찻집【茶집】 茶坊	저는 정말 맛있는 찻집을 알고 있어요 . 我知道很好喝的茶坊。
59	출구 出口	광화문역 삼번 출구에서 만나요 . 在光化門三號出口見。
60	출입국관리사무소【出入國管理事務所】 出入境管理局	출입국관리사무소에서 외국인 등록증을 만들고 있어요 . 我正在出入境管理局辦外國人登錄證。
61	화장실【化粧室】 洗手間；廁所	화장실이 어디에 있나요 ? 洗手間在哪裡呢？

(2) 常見標誌

1	금연 禁煙	여기는 금연구역입니다 . 這裡是禁煙區。
2	사진 촬영 금지 【寫真禁止；撮影禁止】 禁止拍照攝影	박물관 안에는 사진 촬영 금지입니다 . 博物館內禁止拍照攝影。

3	음식 반입금지 【飲食搬入禁止】 禁止攜帶食物	이 가게는 외부 음식 반입금지입니다. 這家店禁止攜帶外食。
4	주차금지 【駐車禁止】 禁止停車	'주차금지'라고 쓰인 표지판 봤어요? 看見寫著「禁止停車」的標誌牌了嗎？
5	휴대전화 사용금지 【攜帶電話使用禁止】 禁止使用手機	비행기, 병원 등 휴대전화 사용금지된 경우에는 사용하지 마세요. 在飛機、醫院等禁止使用手機的情況下，請勿使用。

(3) 城市、著名景點

1	강남 江南	강남에는 성형외과 병원이 너무 많아요. 在江南整形外科診所非常多。
2	거제도 巨濟島	거제도 해수온천에 가봤어요? 去過巨濟島的海水溫泉嗎？
3	경복궁 景福宮	경복궁에 꼭 한번 가 보세요. 請一定要去景福宮看看。
4	경주 慶州	이 문서는 경주 첨성대에 관한 것입니다. 這文件是關於慶州瞻星台的。
5	경희궁 慶熙宮	경희궁 미술관에 가고 싶어요. 我想去慶熙宮美術館。

6	김포공항 【金浦空港】 金浦機場	전 지금 김포공항에 가야겠어요 . 我現在必須去金浦機場。
7	관악산 冠岳山	관악산은 서울의 남쪽에 솟아있는 산입니다 . 冠岳山是聳立在首爾南邊的山。
8	남대문시장 南大門市場	남대문시장에 뭐가 있나요 ? 南大門市場有些什麼呢？
9	남산 南山	남산에서 서울 시내가 보여요 . 在南山可看見首爾市區。
10	남이섬 南怡島	남이섬은 강에 있는 섬이에요 . 南怡島是在河裡的島。
11	노량진 鷺粱津	노량진 수산시장은 한국 최대의 수산물 시장입니다 . 鷺粱津水產市場是韓國最大的水產市場。
12	덕수궁 德壽宮	작년 칠월에 덕수궁은 모든 관광객에게 무료로 개방했습니다 . 去年七月德壽宮開放讓觀光客免費入場。
13	동대문시장 東大門市場	동대문시장에서 사는 게 교통편도 편리하고 가게도 많아요 . 住在東大門市場交通方便且商店也很多。
14	대학로 大學路	대학로에서 인기가 많은 연극을 추천해 주세요 . 請推薦大學路受歡迎的話劇。

15	명동 明洞	명동에는 화장품 가게가 많습니다. 在明洞有很多美妝店。
16	명동성당 【明洞聖堂】 明洞天主教教堂	명동성당에 가 봤어요? 去過明洞天主教教堂嗎?
17	부산 釜山	부산까지 가려고 하는데요. 我打算要到釜山。
18	부석사 浮石寺	오후에 부석사에 갈 겁니다. 下午要去浮石寺。
19	삼악산 三岳山	삼악산 위에 올라가면 춘천 시내가 보여요. 爬上三岳山的話可看見春川市區。
20	서울 首爾	서울 지하철 노선도를 보내 주세요. 請寄給我首爾地鐵的路線圖。
21	서울대학교 【首爾大學校】 首爾大學	서울대학교에 간 적이 있어요. 我去過首爾大學。
22	서울역【首爾驛】 首爾站	서울역까지 얼마나 걸려요? 到首爾站要多久呢?
23	설악산 雪嶽山	오월에 설악산에 등산을 갈 거예요. 五月要去爬雪嶽山。
24	시청【市廳】 市政府	시청역으로 가 주세요. 請到市政府站。

25	안동 安東	작년 구월에 안동에서 국제 탈춤 페스티벌을 했어요. 去年九月在安東舉辦了國際假面舞慶典。
26	여의도 汝矣島	이번 마라톤 대회는 여의도를 출발점으로 합니다. 這次馬拉松比賽是以汝矣島為起點。
27	용인 龍仁	용인의 농촌에서는 다양한 농촌생활 체험을 할 수 있어요. 在龍仁的的農村可以體驗多樣化的農村生活。
28	인사동 仁寺洞	인사동에는 전통찻집이 많습니다. 在仁寺洞有很多傳統茶坊。
29	인천 仁川	인천국제공항은 세계 공항 서비스평가에서 십일년 연속 일위로 선정됐습니다. 仁川國際機場在世界機場服務評鑑中連續十一年被選為第一。
30	전주 全州	전주 전통문화관에 가 보세요. 請去全州傳統文化館看看。
31	청계천 清溪川	청계천 산책로를 알려 주세요. 請告訴我清溪川的步行路線圖。
32	춘천 春川	춘천에 와 보세요. 請來春川看看！
33	평창 平昌	겨울에 평창에서 송어축제를 합니다. 冬天在平昌會舉行鱒魚慶典。

34	한강 漢江	한강 유람선을 한번 타고 싶어요 . 我想搭一次漢江遊覽船。
35	한라산【漢拏山】 漢拏山；漢拿山	한라산은 제주도에 있는 대표적인 산입니다 . 漢拏山是位於濟州島具代表性的山。
36	한옥 韓屋	우리 집은 한옥입니다 . 我家是韓屋。
37	한옥마을【韓屋마을】 韓屋村	한국에서는 일부 지역의 한옥을 틀별하게 보존하고 있어요 . 이러한 곳이 지금의 한옥마을이 되었어요 . 在韓國有些地區特別保存韓屋。而這樣的地方如今形成了韓屋村。
38	해운대 海雲台	해운대 해수욕장에 갔어요 . 我去了海雲台海水浴場。

(4) 交通工具

1	고속버스 터미널 【高速巴士 terminal】 高速巴士客運站	고속버스 터미널에 도착하면 연락해 줘요 . 到高速巴士客運站的話就跟我聯絡。
2	교통카드 【交通 card】 交通卡；悠遊卡	교통카드를 충전해 주세요 . 請幫我儲值交通卡。
3	교통편【交通便】 交通工具	저희 회사가 교통편을 제공할 겁니다 . 我們公司會提供交通工具。

Part I

單字篇

4	구급차【救急車】 救護車	구급차를 불러 주세요. 請幫忙叫救護車。
5	기차【汽車】 火車	기차가 몇 시에 있어요? 幾點有火車呢?
6	기차표【汽車票】 火車票	대전에 가는 기차표 세 장 주세요. 請給我三張去大田的火車票。
7	비행기【飛行器】 飛機	비행기표 좀 보여 주세요. 請讓我看一下機票。
8	신호등【信號燈】 交通號誌	사거리의 신호등 앞에서 세워 주세요. 請在十字路口的紅綠燈前停車。
9	약도【略圖】 簡易地圖	약도 좀 그려 주시겠어요? 可以幫我畫一下簡易地圖嗎?
10	운전【運轉】 駕駛	운전 조심하세요. 請小心駕駛。
11	육교【陸橋】 天橋	육교는 도로나 철로를 사람들이 안전하게 다닐 수 있게 만든 다리입니다. 天橋是使人們可安全地越過馬路或鐵路而建的橋。
12	인천항 터미널 【仁川港 terminal】 仁川港	인천항 터미널에 있는 호텔을 찾아보고 싶어요. 想查詢看看在仁川港的飯店。

13	일등석【一等席】 頭等艙	저는 비행기 일등석에 타 본 적이 없어요. 我不曾坐過飛機頭等艙。
14	일반석【一般席】 經濟艙	일반석 두 장을 주시겠어요? 可以給我兩個經濟艙座位嗎?
15	왕복【往復】 往返;來回	왕복 차표를 샀어요. 我買了來回車票。
16	자전거【自轉車】 腳踏車	아이가 탈 자전거 좀 보여 주세요. 請讓我看看給孩子騎的腳踏車。
17	종점 終點	결혼은 연애의 종점입니다. 結婚是戀愛的終點。
18	지도 地圖	지도 좀 빌려 주세요. 請借我地圖。
19	지하도 地下道	지하도에는 상가가 많습니다. 地下道商家很多。
20	지하철【地下鐵】 地鐵	한 번에 가는 버스는 없으니까 지하철을 타고 가세요. 沒有直達的公車,請搭地鐵過去。
21	지하철역 【地下鐵驛】 地鐵站	가장 가까운 지하철역은 어디입니까? 最近的地鐵站在哪裡呢?

22	좌석【座席】 座位	지하철 전동차에 사람이 많은데도 노약 좌석에 앉는 젊은 사람이 없네요. 地鐵電車上雖然人很多，但沒有坐博愛座的年輕人。
23	차 車	빈 차예요. 是空車。
24	편도【偏道】 單程	요금은 편도로 계산합니다. 費用按單程計價。
25	~ 호선 ～號線	오호선 열차를 탔어요. 我搭了五號線的火車。
26	횡단보도 【橫斷步道】 斑馬線	횡단보도로 건너가요. 過斑馬線。

6. 育

MP3-13

(1) 學習、考試、文具

1	경험 經驗	좋은 경험을 쌓아요. 累積好的經驗。
2	공부【工夫】 學習；讀書	매일 도서관에서 공부를 해요. 每天在圖書館讀書。
3	공책【空冊】 筆記本	여동생은 공책을 사러 갔어요. 妹妹去買筆記本了。

4	교과서 教科書	교과서를 읽어요. 讀教科書。
5	구두시험【口頭試驗】 口試	그녀는 영어 구두시험 성적이 아주 좋아요. 她英文口試成績很好。
6	규칙 規則	제발 꼭 교통 규칙을 지키세요. 拜託請一定要遵守交通規則。
7	계획 計畫	이번 방학에 무슨 특별한 계획 있나요? 這次放假有什麼特別的計畫嗎?
8	능력 能力	언어 능력이 어때요? 語言能力如何呢?
9	내용 內容	듣는 내용과 같은 것을 고르십시오. 請選擇與聽見的內容相同的選項。
10	단어【單語】 單字	단어를 많이 외우세요. 請多背單字。
11	답【答】 答案	답을 찾고 있어요. 正在尋找答案。
12	목적 目的	목적 없이 방황하는 사람이 많습니다. 漫無目的徬徨的人很多。
13	문의【問議】 發問;諮詢	문의 사항이 무엇입니까? 要諮詢的項目是什麼呢?

14	문장【文章】 句子	뛰어난 문장입니다. 是出色的句子。
15	문제 問題	그것은 법의 문제가 아니라 양심의 문제입니다. 那不是法律問題而是良心問題。
16	반말【半말】 半語；卑稱	서로 친해지면 반말을 사용할 수 있습니다. 若彼此關係親近，就可使用半語。
17	발음 發音	발음 연습을 하고 있어요. 我正在做發音練習。
18	방법 方法	가구 고르는 방법을 알려 주세요. 請告訴我選傢俱的方法。
19	변화 變化	변화 없는 생활을 살지 마세요. 請不要再過一成不變的生活。
20	배치 시험 【配置試驗】 分班考試	오늘 배치 시험을 봤어요. 今天考了分班考試。
21	사전 辭典；字典	사전이 있어요？ 有字典嗎？
22	수업【授業】 課程	매주 화요일에 한국어 수업이 있어요. 每週二有韓文課。
23	수첩【手帖】 手冊；筆記本	학생 수첩 두 권을 주세요. 請給我兩本學生手冊。

24	수학 數學	수학 시험은 만점을 받았어요. 數學考試得了滿分。
25	숙제【宿題】 作業	오늘은 숙제가 없습니다. 今天沒有作業。
26	습관 習慣	일찍 자고 일찍 일어나는 습관을 길렀으면 좋겠어요. 若能養成早睡早起的習慣就好了。
27	시험【試驗】 考試	올해 언제쯤 한국어능력시험을 봐요? 今年何時要考韓語能力檢定呢?
28	연습 練習	연습 부족 때문입니다. 因為練習不夠的關係。
29	연필 鉛筆	연필 좀 빌려 주세요. 請借我鉛筆。
30	이유 理由	한국어를 배우고 싶은 이유가 뭐예요? 想學韓文的理由是什麼呢?
31	예절 禮節	예절을 잘 지키세요. 請好好遵守禮節。
32	원고 原稿	원고용지가 없어서 다시 사야 돼요. 原稿用紙沒了,所以要再買才行。
33	의미 意義	여름 방학을 의미 없이 보내지 마세요. 請不要毫無意義地度過暑假。

34	자 尺	키를 줄자로 재요. 用卷尺量身高。
35	전자사전 電子辭典	잠깐 전자사전 좀 빌려 주시겠어요? 可以借一下電子辭典嗎?
36	점수【點數】 分數；得分	점수를 많이 땄어요. 得到許多分數。
37	질문【質問】 提問；詢問	질문이 있습니까? 有問題嗎?
38	칠판【漆板】 黑板	선생님, 칠판에 써 주세요. 老師，請您寫在黑板上。
39	책【冊】 書	이것은 일본어 책이에요? 這是日文書嗎?
40	필통【筆筒】 鉛筆盒	필통에 뭐가 있어요? 鉛筆盒裡有什麼呢?

(2) 學校及活動

1	고등학교【高等學校】 高中	좋은 고등학교를 알아보고 있어요. 在打聽好的高中。
2	고등학생【高等學生】 高中生	요즘 고등학생의 영어 실력이 어때요? 近來高中生的英語實力如何呢?

3	대학교【大學校】 大學	여기는 서울대학교입니다. 這裡是首爾大學。
4	대학생 大學生	나나 씨는 대학생입니다. 수미 씨도 대학생입니다. 娜娜是大學生。秀美也是大學生。
5	대학원【大學院】 研究所	저는 내년에 대학원을 졸업하고 싶습니다. 我想明年從研究所畢業。
6	대학원생【大學院生】 研究生	그 사람은 대학원생인 것 같아요. 那個人好像是研究生。
7	유치원 幼稚園	우리 아이는 유치원에 다녀요. 我們的孩子在幼稚園。
8	유치원생 幼稚園學生	여기 유치원생이 몇 명이에요? 這裡有幾名幼稚園學生呢?
9	유학생 留學生	한국 유학생입니다. 我是韓國留學生。
10	중학교【中學校】 國中	중학교는 초등학교 옆에 있어요. 國中在小學的旁邊。
11	중학생【中學生】 國中生	조카딸은 중학생이에요. 侄女是國中生。
12	초등학교【初等學校】 小學	이모는 초등학교에서 중국어를 가르치세요. 阿姨在小學教國文。

13	초등학생【初等學生】 小學生	조카는 초등학생입니다 . 侄兒是小學生。
14	하숙【下宿】 寄宿	학교 근처에서 하숙했어요 . 我在學校附近寄宿。
15	학교 學校	저는 학교에서 일하고 싶습니다 . 我想在學校工作。
16	학기 學期	학기말시험을 봤어요 . 考完期末考了。
17	학년【學年】 學年；年級	초등학교 오학년입니다 . 是小學五年級。
18	학생 學生	학생이 아닙니다 . 我不是學生。
19	학생증 學生證	학생증 좀 보여 주세요 . 請出示學生證。
20	학원【學院】 補習班	학원에 가는 것을 싫어해요 . 我討厭去補習班。

(3) 職業、職稱

1	가수 歌手	가수예요 ? 是歌手嗎？
2	간호사【看護師】 護士	간호사들은 너무 바빠요 . 護士們非常忙碌。

3	감독【監督】 導演；總監	김 감독님을 아세요？ 您認識金導演嗎？
4	경찰관【警察官】 警官	할아버지는 전에 경찰관이셨어요 . 爺爺從前是警官。
5	공무원 公務員	아버지는 공무원이세요 . 父親是公務員。
6	교수 教授	황 교수님이 사무실에 계세요？ 黃教授在辦公室嗎？
7	군인 軍人	저희 형은 직업 군인입니다 . 我哥哥是職業軍人。
8	기사【技士】 司機；技師	기사님, 동대문시장에 가 주세요 . 司機請載我到東大門市場。
9	기자 記者	훌륭한 기자가 되고 싶어요 . 想成為出色的記者。
10	남자친구 【男子親舊】 男朋友	남자친구와 함께 가게에 왔습니다 . 和男朋友一起來店裡。
11	농사【農事】 種田	농사 일이 너무 힘들어요 . 種田工作很辛苦。
12	대통령【大統領】 總統	대통령 선거는 언제입니까？ 總統選舉是什麼時候呢？

13	미인 美人	다음 달에 미인 선발 대회를 할 겁니다. 下個月會舉辦選美比賽。
14	변호사【辯護士】 律師	그 분은 변호사인 것 같아요 . 那位好像是律師。
15	부자【富者】 有錢人	부자 되세요 ! 要成為有錢人！（類似「恭禧發財」的祝賀語。）
16	배우【俳優】 演員	그는 전에 영화배우였어요 . 他以前是電影演員。
17	사업가【事業家】 企業家	그는 야심에 찬 젊은 사업가입니다 . 他是滿懷雄心的年輕企業家。
18	사원【社員】 職員	그녀는 신입 사원이에요 . 她是新進職員。
19	사장 社長	이 분은 우리 출판사의 사장님이세요 . 這位是我們出版社社長。
20	상담원【相談員】 諮詢人員；顧問	전문 상담원에게 물어볼게요 . 我要向專門的諮詢人員詢問看看。
21	선수 選手	우리 팀의 선수가 많이 다쳐서 걱정했습니다 . 我們隊的選手傷得很嚴重所以很擔心。
22	선생님【先生님】 老師	선생님의 은혜에 감사드립니다 . 感謝老師賜予的恩惠。

23	선배【先輩】 前輩；學長姊	대학 선배예요. 是大學前輩。
24	소설가 小說家	유명한 소설가가 되고 싶어요. 想成為有名氣的小說家。
25	여자친구 【女子親舊】 女朋友	여자친구와 부산에 가려고 합니다. 打算和女朋友去釜山。
26	연예인【演藝人】 藝人	많은 연예인들이 다이어트를 했어요. 許多藝人減肥過。
27	영화배우 【映畫俳優】 電影演員	그는 인기 영화배우예요. 他是當紅電影演員。
28	요리사【料理師】 廚師	직업이 요리사예요? 你的職業是廚師嗎？
29	운동선수 運動員	아마추어 운동선수예요. 我是業餘運動員。
30	은행원【銀行員】 銀行職員	어머니는 은행원입니다. 母親是銀行行員。
31	음악가 音樂家	그는 뛰어난 음악가였어요. 他曾是出色的音樂家。
32	의사 醫師	의사가 되기 위해서 매일 열심히 공부해요. 為了成為醫師每天努力地唸書。

33	장군 將軍	이순신 장군의 동상은 광화문 광장에 있어요. 李舜臣將軍的銅像在光化門廣場。
34	점원 店員	점원에게 물건 값을 물었어요. 我向店員問了東西的價格。
35	종업원【從業員】 服務人員；接待員	호텔 종업원 좀 불러 주세요. 請幫我叫飯店服務人員。
36	주부 主婦	언니는 가정 주부예요. 姐姐是家庭主婦。
37	직업 職業	직업이 어떻게 되세요? 請問您的職業是什麼呢?
38	직원 職員	직원 교육 프로그램을 했어요? 已經進行職員教育計畫了嗎?
39	투우사 鬪牛士	그 투우사가 다쳤어요? 那位鬪牛士受傷了嗎?
40	후배【後輩】 晚輩；學弟妹	그는 저의 삼년 후배예요. 他是比我小三屆的學弟（妹）。
41	화가 畫家	그녀는 이류 화가예요. 她是二流畫家。
42	회사원【會社員】 上班族	저는 졸업 후에 회사원이 되고 싶습니다. 我畢業後想成為上班族。

(4) 職場、人際互動

1	간판【看板】 招牌；人事背景	우리 축구팀의 간판 선수예요 . 是我們足球隊的王牌選手。
2	공사【工事；公社】 工程；國營企業	공사중입니다 . 施工中。
3	기념품 紀念品	기념품을 많이 샀어요 . 買了許多紀念品。
4	관심 關心	관심이 없어요 . 不關心。（或不感興趣。）
5	귀국 날짜【歸國日子】 回國日期	회장님의 귀국 날짜가 며칠입니까？ 會長回國日期是幾號呢？
6	동갑【同甲】 同歲	우리 동갑이네요 . 我們倆同歲耶。
7	동료【同僚】 同事	동료 관계일 뿐이에요 . 只是同事關係而已。
8	대상【大賞；對象】 大獎；對象	대상을 받았어요 . 得到大獎了。
9	면접【面接】 面試；面談	오늘 면접은 잘 됐어요 . 今天面試很順利。
10	별일【別】 特別的事；其它事情	별일 없지요？ 沒什麼特別的事吧？（一切還好吧？）

11	분위기【氛圍氣】 氣氛	이 식당은 분위기도 좋고 음식도 맛있어요. 這餐廳氣氛好、食物也好吃。
12	사고 事故	방금 파출소 앞에서 교통 사고가 났어요. 剛才派出所前發生交通事故。
13	선물【膳物】 禮物	저는 생일 선물을 받았습니다. 我收到生日禮物了。
14	선을 보다【相 보다】 相親	오늘 선을 보러 갔어요. 今天去相親了。
15	소개팅【紹介팅】 經介紹見面；聯誼	친구가 남자와 여자를 소개했습니다. 두 사람은 소개팅을 합니다. 朋友介紹了男生和女生。兩人進行聯誼。
16	소식 消息	동창회 소식을 보내 주세요. 請傳給我同學會的消息。
17	신혼여행 新婚；蜜月旅行	신혼여행을 가서 구경을 많이 하고 싶습니다. 去蜜月旅行想多逛逛。
18	생활 生活	생활 환경은 정말 중요해요. 生活環境很重要。
19	약속【約束】 約定；約會	약속 장소가 어디예요? 約會地點是哪呢？

20	이상형 理想型	이상형이 어떤 사람이에요？ 理想型是什麼樣的人呢？
21	일정【日程】 行程	오늘 일정표를 보여 주세요. 請讓我看今天的行程表。
22	제도 制度	좋은 관리제도를 세워야 돼요. 應該要建立好的管理制度。
23	첫인상【初印象】 第一印象	대인 관계에서는 첫인상이 중요해요. 在人際關係中，第一印象很重要。
24	축하 祝賀；恭喜	승진 축하드려요. 恭喜你升職。
25	출국 날짜 【出國日子】 出國日期	남편의 출국 날짜 알아요？ 知道先生的出國日期嗎？
26	출장【出張】 出差	다음 주에 미국 출장 갈 겁니다. 下週我要到美國出差。
27	퇴근【退勤】 下班	요즘 퇴근 후에 뭐 해요？ 最近下班後做什麼呢？
28	표지판【標誌板】 標示牌	'출입 금지'라고 쓰인 표지판이 있어요. 有寫著「禁止出入」的標示牌。
29	회의 會議	매주 수요일에 회의가 있어요. 每週三有會議。

(5) 經濟、金融、商業活動

1	가격 價格	가격비교 사이트를 찾고 있어요 . 我在找比價的網站。
2	값【價】 價錢	학생 식당은 음식 값이 싸고 김치가 맛있습니다 . 學生餐廳的食物便宜且泡菜也很好吃。
3	교통비 交通費	교통비 아끼는 방법을 연구하세요 . 請研究節省交通費的方法。
4	계약 契約	내일은 계약을 맺겠습니다 . 明天會簽訂契約。
5	관리비 管理費	관리비를 언제까지 내야 돼요 ? 管理費在什麼時候之前要繳呢 ?
6	도장 圖章；印章	여기 도장을 찍어 주세요 . 這裡請蓋印章。
7	동전【銅錢】 零錢；銅板	여기에 동전교환기가 있어요 ? 這裡有硬幣兌換機嗎 ?
8	등록금【登錄金】 註冊費	등록금을 이미 냈어요 . 註冊費已繳。
9	무료【無料】 免費	무료로 책을 빌릴 수 있습니다 . 可以免費借書。

10	매매 買賣	매매 계약을 다시 확인하고 싶은데요. 我想再確認一次買賣契約。
11	보증금 保證金	보증금을 미리 내야 합니다. 必須先付保證金。
12	송금【送金】 滙款	송금 수취인을 쓰세요. 請填寫匯款的領取人。
13	수도요금 【水道요금】 水費	수도요금은 세 집이 부담합니다. 水費由三家分擔。
14	숙박료【宿泊料】 住宿費	하룻밤 숙박료가 얼마예요? 一晚住宿費是多少呢?
15	식비【食費】 餐費	식비 지출이 많아요. 餐費的支出很多。
16	신용카드【信用 card】 信用卡	신용카드로 계산할게요. 我要用信用卡結帳。
17	생활비 生活費	생활비가 얼마나 필요해요? 需要多少生活費呢?
18	여행자 보험료 【旅行者保險料】 旅遊保險費	여기 해외 여행자 보험료 및 보상 내용 있습니다. 這裡有海外旅遊保險費及補償內容。
19	요금【料金】 費用	승차요금은 어떻게 계산하나요? 車費要怎麼算呢?

20	인기상품 人氣商品	이 스마트 폰은 인기상품입니다 . 這智慧型手機是人氣商品。
21	입금【入金】 存款	백만 원을 입금하고 싶어요 . 我想存一百萬韓圜。
22	입장료【入場料】 門票	입장료가 너무 비싸네요 . 門票太貴了啊。
23	원【圜】 韓圜	오십만 원을 벌었어요 . 賺了五十萬韓圜。
24	월세【月貰】 月租	월세방을 구하고 있어요 . 我正在找月租的房子。
25	위안【元】 元（人民幣單位）	합계 삼십만 위안입니다 . 總共三十萬元。
26	전기요금【電氣料金】 電費	겨울에는 전기요금이 너무 많아요 . 冬天電費很高。
27	전세【傳貰】 全租（預繳一年房租）	전세방에 살고 있어요 . 我住在全租屋。
28	전화요금【電話料金】 電話費	전화요금을 확인하고 싶어요 . 我想確認電話費。
29	조건 條件	모두 다 불리한 조건이에요 . 全部都是不利的條件。
30	재료비 材料費	재료비를 제가 낼게요 . 我來付材料費。

31	차비 車費	차비를 미리 지불해야 합니다. 車費必須事先付清。
32	참가비 參加費	참가비를 지불할 겁니다. 我會付參加費。
33	출금【出金】 付款；支出	출금액이 모두 다 얼마입니까? 支出金額全部共多少呢？
34	통장【通帳】 存摺	통장하고 신분증을 보여 주세요. 請出示存摺和身分證。
35	품명 品名	이 시계의 품명을 좀 알 수 있을까요? 可以知道這錶的品名嗎？
36	할인【割引】 折扣	할인 카드나 포인트 카드가 있으십니까? 您有優惠卡或集點卡嗎？
37	할인상품【割引商品】 折扣商品	오늘 할인상품이 다 매진됐습니다. 今天折扣商品全都賣完了。
38	항공권【航空券】 機票	이 항공권은 20% 할인해서 사만 육천 원입니다. 機票打 8 折後是四萬六千韓圓。
39	항공료【航空料】 機票錢	영국까지 항공료가 얼마예요? 到英國的機票多少錢呢？
40	현금카드【現金 card】 金融卡；現金卡	현금카드를 만들고 싶습니다. 我想辦金融卡。

41	현금 인출기 【現金引出機】 提款機	저기 현금 인출기가 있어요 . 那裡有提款機。
42	환율【換率】 滙率	오늘 환율이 얼마예요 ? 今天滙率是多少呢 ?
43	환전 換錢	어떻게 환전해 드릴까요 ? 您想如何兑換呢 ?
44	회비 會費	회비 삼만 원을 냈어요 . 付了三萬韓圜的會費。

(6) 網路、通訊媒體

1	답장【答狀】 回信	답장을 기대하겠습니다 . 期待您的回信。
2	문자 메시지 【文字 message】 簡訊	그는 가족에게 걱정하지 말라고 문자 메시지를 보냈어요 . 他已傳簡訊給家人要他們不要擔心。
3	소포【小包】 包裹	한국에서 소포를 보내고 싶을 때 방법이 몇 가지가 있습니다 . 在韓國想寄包裹時，有幾種方式。
4	신문【新聞】 報紙	한국 신문을 읽어요 ? 你看韓國報紙嗎 ?
5	엽서【葉書】 明信片	이 엽서에 있는 그림이 참 예쁘네요 . 這明信片上的圖案真美耶。

6	우편【郵便】 郵件	항공 우편으로 보냈어요 . 用航空郵件寄出了。
7	우표 郵票	우표 사는 거를 잊어버렸어요 . 我忘記買郵票了。
8	잡지 雜誌	영화 잡지하고 컴퓨터 잡지를 주세요 . 請給我電影雜誌和電腦雜誌。
9	정보【情報】 資訊；信息	저는 정보관리학과 일학년입니다 . 我是資訊管理系一年級。
10	택배 宅配	한국에서 택배를 이용해 본 적이 있어요 ? 在韓國有使用過宅配服務嗎 ?
11	편지【便紙】 信	위문편지를 썼어요 . 寫慰問信了。
12	휴대폰【携帶 phone】 手機	친구는 나에게 휴대폰줄을 사 줬어요 . 朋友買了手機吊飾給我。

7. 樂

MP3-14

(1) 興趣、休閒活動

1	공연【公演】 公演；演出	이 번은 미나 씨의 첫 공연입니다 . 這次是美娜小姐的首次演出。
2	경치 景致	경치가 아름답습니다 . 景色很美。
3	국악 國樂	같이 국악 동아리에 들어갈까요 ? 要一起加入國樂社嗎？
4	기타 吉他	기타를 잘 칩니다 . 吉他彈得很好。
5	농구 籃球	농구하는 것을 좋아해요 . 喜歡打籃球。
6	다도 茶道	다도를 배우고 있어요 . 正在學習茶道。
7	당구 撞球	학교 근처에는 당구장이 많아요 . 學校附近的撞球場很多。
8	독서【讀書】 閱讀	가을은 독서의 계절입니다 . 秋天是讀書的季節。
9	동상 銅像；銅獎	동상을 탔어요 . 獲得銅獎。

10	동양화 東洋畫	동양화를 좋아해요 ? 喜歡東洋畫嗎？
11	동호회【同好會】 俱樂部	자전거 동호회에 가입했어요 . 加入了自行車俱樂部。
12	등산【登山】 爬山	주말에 자주 등산을 가요 ? 週末常去爬山嗎？
13	말하기 대회 【말하기大會】 演講比賽	이번 말하기 대회에 참가하고 싶어요 . 我想參加這次的演講比賽。
14	문화 文化	정신 문화가 중요해요 . 精神文化很重要。
15	분실물【紛失物】 遺失物品	분실물을 찾았어요 ? 找到遺失物品了嗎？
16	분실물 센터 【紛失物 center】 失物招領中心	저기 분실물 센터에서 물어보세요 . 請在那邊失物招領中心詢問看看。
17	배낭여행 【背囊旅行】 背包旅行；自助旅行	지난주에 친구들과 같이 배낭여행을 갔습니다 . 上週和朋友們一起去自助旅行。
18	사물놀이 【四物놀이】 四物打擊樂（韓國傳統打擊樂器，有鼓、長鼓、大鑼和小鑼。）	사물놀이가 재미있네요 . 四物打擊樂很有趣耶。

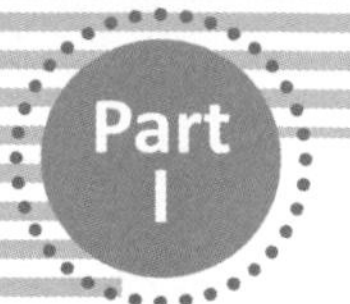

19	사진【寫真】 照片	사진을 찍어 주시겠어요？ 請問可以幫我拍照嗎？
20	상영 上映；放映	상영시간 이 몇 시예요？ 放映時間是幾點呢？
21	서예【書藝】 書法	이 분은 뛰어난 서예가세요 . 這位是出色的書法家。
22	소설책【小説冊】 小説	여기는 다 신간 소석책입니다 . 這裡全是最新的小説。
23	아리랑 阿里郎（韓國代表性民歌）	민요 '아리랑'을 아세요？ 您知道民謠「阿里郎」嗎？
24	악기 樂器	악기를 연주하려면 악보를 읽을 줄 알아야 돼요 . 想要演奏樂器，要看得懂樂譜才行。
25	야구 경기【野球競技】 棒球賽	어제 야구 경기를 봤어요？ 昨天看棒球賽了嗎？
26	언어【言語】 言語；語言	사용할 언어를 선택하세요 . 請選擇要使用的語言。
27	여행 상품 【旅行商品】 旅遊行程	한국 여행 상품 좀 추천해 주세요 . 請幫我推薦韓國旅遊行程。
28	여행지 旅遊地點	여행지를 먼저 고르세요 . 請先選擇旅遊地點。

29	역사 歷史	서울역사박물관 사이트입니다. 這是首爾歷史博物館的網站。
30	연극【演劇】 話劇；演戲	연극 배우가 되고 싶어요. 我想成為話劇演員。
31	영어 英語	영어 통역입니다. 我是英文口譯人員。
32	영혼 靈魂	영혼의 존재를 믿습니다. 我相信靈魂存在。
33	영화 감상 【映畫鑑賞】 電影欣賞	그녀의 으뜸 취미는 영화 감상입니다. 她最大的興趣是看電影。
34	영화제【映畫祭】 電影節	국제영화제에서는 각나라에서 오는 스타들을 볼 수 있어요. 在國際電影節可看見來自各國的明星。
35	운동 運動	운동을 많이 합니다. 그래서 건강합니다. 做很多運動。所以很健康。
36	음악회 音樂會	내일은 졸업 음악회입니다. 明天是畢業音樂會。
37	일본어【日本語】 日語	대학교 때 일본어를 배웠어요. 大學時學過日語。
38	예술 藝術	예술대학교에 다니고 싶어요. 想上藝術大學。

39	외국어【外國語】 外語	외국어 배우는 것을 좋아해요. 我喜歡學習外語。
40	자유여행 【自由旅遊】 自由行	한국어를 배우고 싶은 이유는 서울에 자유여행을 가려고 하는 것입니다. 想學韓語的原因是打算要去首爾自由行。
41	전시회 展示會	어제 국제식품 전시회에 갔어요. 昨天去了國際食品展示會。
42	전통문화 傳統文化	전통문화를 보존하는 것은 정말 중요합니다. 傳統文化的保存相當重要。
43	조선 시대 朝鮮時代	김홍도는 조선 시대의 가장 대표적인 풍속화가입니다. 金弘道是朝鮮時代最具代表性的風俗畫畫家。
44	조언【助言】 指點；指教	선생님의 조언을 바랍니다. 希望老師給予指點。
45	종교 宗教	과학과 종교를 다 배워야 합니다. 科學和宗教都應該要學習。
46	종류 種類	여기는 한복의 종류가 다양하네요. 這裡韓服的種類很多樣耶。
47	중국어【中國語】 中文	요즘 많은 한국 사람들이 중국어를 배우고 있어요. 最近很多韓國人在學習中文。

48	체험 體驗	인천국제공항에는 문화체험공간이 있어요. 在仁川機場有文化體驗空間。
49	취미【趣味】 興趣；嗜好	취미가 뭐예요？ 興趣是什麼呢？
50	통역【通譯】 口譯；口譯人員	중국어 통역이 있나요？ 有中文口譯人員嗎？
51	태권도 跆拳道	태권도복이 있어요. 我有跆拳道服。
52	한국말【韓國말】 韓國語；韓國話	한국말을 할 줄 아세요？ 您會說韓國語嗎？
53	한국어【韓國語】 韓語	한국어를 배우고 싶습니까？ 想學習韓語嗎？
54	한국학 韓國學	한국학을 배우고 있어요. 我正在學韓國學。

(2) 節日、慶典活動

1	성묘를 하다【省墓】 掃墓	그는 고향에 가서 성묘를 했어요. 他回故鄉掃墓了。
2	세배【歲拜】 拜年	설날 세배하러 다녀왔어요. 過年去拜年了。

3	차례를 지내다 【次例지내다】 祭祖	차례를 지내요. 祭祖。
4	추석【秋夕】 中秋節	추석 때 한국사람들은 조상에게 차례를 지내고 송편을 먹고 달구경을 합니다. 中秋節時韓國人會祭祖、吃松年糕及賞月。
5	축제【祝祭】 慶典	요즘 축제 행사가 많아요. 最近慶典活動很多。

(3) 國名、世界著名城市

1	국적 國籍	국적을 취득했어요. 已取得國籍。
2	국제 國際	오늘 오후에 국제 친선 축구 대회가 있어요. 今天下午有國際足球友誼賽。
3	동양 東洋	동양 문명역사를 배우고 있어요. 正在學習東方文明歷史。
4	대만 台灣	다음에 꼭 대만에 놀러 오세요. 下次請一定要來台灣玩。
5	몽골 蒙古	몽골에서 온 친구가 가방을 잘 만들어요. 蒙古來的朋友很會做皮包。
6	미국 美國	미국에서 일해요. 我在美國工作。

7	베이징 北京	베이징 근교에 살아요. 我住在北京近郊。
8	서양 西洋；西方	서양풍속을 잘 알아요. 我瞭解西方風俗。
9	세계 世界	앞으로 세계의 일등이 되고 싶어요. 以後我想要成為世界第一。
10	영국 英國	영국 사람입니까? 是英國人嗎？
11	인도 印度	인도 사람이 아닙니다. 不是印度人。
12	외국인 外國人	외국인이지만 한국어를 잘해요. 雖然是外國人，韓語卻說得很好。
13	중국 中國	중국 사람이에요? 你是中國人嗎？
14	중남미 中南美	중남미 지도가 있어요? 有中南美的地圖嗎？
15	태국 泰國	태국의 바나나 보트를 타 봤어요? 搭過泰國香蕉船嗎？
16	호주 澳洲	호주 여행에 관한 자료가 여기 있습니다. 關於澳洲旅遊的資料在這裡。

8. 自然

MP3-15

(1) 動、植物

1	낙타 駱駝	인간에게 메르스를 옮기는 주범은 네 살 미만의 낙타입니다 . 將 MERS 傳給人類的主犯是未滿四歲的駱駝。
2	단풍【丹楓】 楓樹	가을에 단풍 구경을 가 보세요 . 秋天請去賞楓看看。
3	말 馬	말띠예요 . 我是屬馬的。
4	야자수 椰子樹	야자수는 말레이시아의 자생식물입니다 . 椰子樹是馬來西亞土生的植物。

(2) 自然環境

1	공기 空氣	신선한 공기를 마시고 싶어요 . 好想呼吸新鮮的空氣。
2	사막 沙漠	사하라 사막이 얼마나 더워요 ? 撒哈拉沙漠有多麼炎熱呢？
3	자연 自然	이런 자연 치료법을 해 봤어요 ? 有試過這種自然療法嗎？

9. 時間

MP3-16

(1) 小時、分、秒

1	시【時】 ～點	몇 시에 출발해야 돼요？ 應該要幾點出發呢？
2	시간【時間】 ～小時；時間	한 시간 후에 있어요. 그런데 앞으로는 오는 시간을 미리 알려 주면 좋겠어요. 一小時後有（車）。但是之後能事先告訴我來的時間就好了。
3	시계【時計】 鐘；錶	시계 다섯 개가 있어요. 有五支手錶。
4	반 半	오후 두 시 반에 도서관에서 만나요. 下午兩點半在圖書館見。
5	분 分	아직 십 분 남았습니다. 還剩下十分鐘。
6	초 秒	삼십 초 넘었어요. 已經過三十秒了。

(2) 日

1	내일【來日】 明天	내일 책을 가져올 겁니다. 明天會將書帶來。
2	당일【當日】 當天	이 기차표는 당일에만 유효합니다. 這火車票只在當天有效。

3	매일【每日】 每天	매일 학생 식당에서 밥을 먹습니다 . 每天在學生餐廳吃飯。
4	식후【食後】 飯後	이 약은 식후 두 시간 후에 드세요 . 此藥請飯後兩小時再服用。
5	오전【午前】 上午	오전 일곱 시 열차를 탈 거예요 . 我會搭上午七點的火車。
6	오후【午後】 下午	오후에 보낼 거니까 내일쯤은 도착할 겁니다 . 下午會寄出，大約明天左右會送到。
7	일 日；日子	내일은 우리 결혼기념일이에요 . 明天是我們的結婚紀念日。
8	점심 中午	점심에 약을 먹습니다 . 中午吃藥。
9	종일【終日】 整天	하루 종일 비가 내려요 . 整天在下雨。
10	평일 平日	백화점은 평일에도 사람이 많아요 . 百貨公司平日時人也很多。

(3) 週、星期

1	요일【曜日】 星期	오늘은 무슨 요일이에요 ? 今天是星期幾呢？
2	일요일【日曜日】 星期日	일요일에는 교회에 갈 겁니다 . 星期日我會去教會。

3	월요일【月曜日】 星期一	월요일부터 토요일까지 일해요 . 從星期一到星期六要工作。
4	화요일【火曜日】 星期二	화요일에 한국어 수업이 있어요 . 星期二有韓文課。
5	수요일【水曜日】 星期三	이번 수요일에 회의를 할 겁니다 . 這星期三要開會。
6	목요일【木曜日】 星期四	목요일에 스티븐 씨 집에서 생일파티를 할 거예요 . 星期四會在史提芬家舉辦生日派對。
7	금요일【金曜日】 星期五	금요일에 쇼핑했어요 . 星期五去購物了。
8	토요일【土曜日】 星期六	토요일에 뭐 해요 ? 星期六在做什麼呢 ?
9	주 週	지난주에 영화관에 갔어요 . 上週去了電影院。
10	매주 每週	여름에 매주 수영장에 가요 . 夏天每週會去游泳池。
11	일주일【一週日】 一週	일주일 동안 제주도에 갔다 왔어요 . 我去了濟州島一個星期。
12	주말 週末	주말에 어디에 갔어요 ? 週末去了哪裡 ?

(4) 月

1	월 月	월 평균 백만 원을 받아요 . 每月平均收入一百萬韓圜。
2	일월 一月	오늘은 일월 일일입니다 . 今天是一月一日。
3	이월 二月	이월 십사일은 발렌타인데이입니다 . 二月十四日是西洋情人節。
4	삼월 三月	삼월 십사일은 화이트데이입니다 . 三月十四日是白色情人節。
5	사월 四月	사월 십사일은 블랙데이입니다 . 四月十四日是黑色情人節。
6	오월 五月	작년 오월에 제주도에 갔어요 . 去年五月去了濟州島。
7	유월 六月	유월이면 보리가 누렇게 익어요 . 到了六月小麥熟成一片金黃。
8	칠월 七月	올해 칠월에 서울에 가려고 해요 . 今年七月打算去首爾。
9	팔월 八月	음력 팔월 십오일은 한가위입니다 . 陰曆八月十五日是中秋節。
10	구월 九月	구월 초 결혼하기로 했어요 . 決定在九月初結婚。

11	시월 十月	시월이면 개업 일주년입니다. 到十月就開業一週年了。
12	십일월 十一月	십일월에 지방으로 출장을 갈 거예요. 十一月我要到外地出差。
13	십이월 十二月	벌써 십이월이 다 지났어요. 十二月都已經過了。
14	개월 ～個月	그는 최근 몇 개월 동안 뜻대로 되는 일이 없어요. 他近幾個月許多事都不如意。

(5) 年

1	년 年	저는 한국에 온 지 일년이 되었습니다. 我來韓國已經一年了。
2	금년 今年	저는 금년 졸업생입니다. 我是應屆畢業生。
3	내년【來年】 明年	저는 내년에 대학교를 졸업합니다. 我明年將從大學畢業。
4	작년【昨年】 去年	작년 겨울에 가족들과 같이 스키장에 갔어요. 去年冬天我和家人一起去了滑雪場。

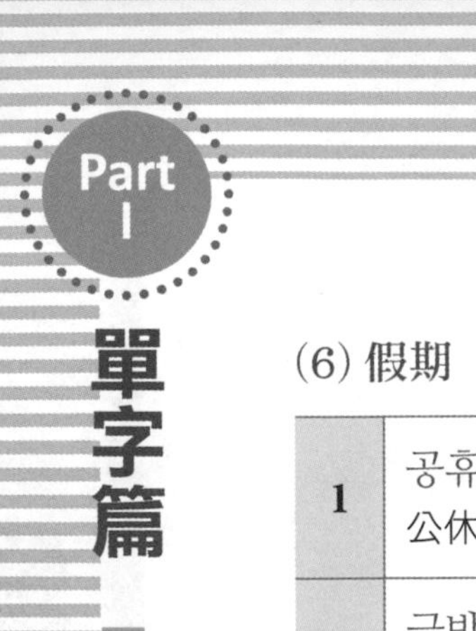

(6) 假期

1	공휴일【公休日】 公休日；假日	오늘은 법정공휴일입니다 . 今天是國定假日。
2	금방【今方】 剛才；立刻	금방 갈게요 . 我立刻過去。
3	기간 期間	휴가 기간 뭐 했어요 ? 休假期間做了什麼呢？
4	계절 季節	계절이 바뀌었어요 . 換季了。
5	과거 過去	과거에 유럽 여행을 간 적이 있어요 . 過去曾到歐洲旅行過。
6	명절 名節；節日	즐거운 명절 보내세요 . 佳節愉快。
7	미래 未來	행복한 미래를 만들 수 있어요 . 可以打造幸福的未來。
8	방학【放學】 放假；假期	우리 학교는 지난주 금요일부터 방학했어요 . 我們學校上週五開始放假了。
9	보통【普通】 一般；通常	발이 너무 커서 보통 신발 가게에는 발에 맞는 신발이 없습니다 . 因為腳太大，所以在一般的鞋店沒有合腳的鞋。

10	사계절 四季（節）	사계절 내내 스키장에 가고 싶어요. 我一年四季都想去滑雪場。
11	양력 陽曆	올해 추석은 양력으로 며칠이에요？ 今年中秋節是陽曆幾月幾號呢？
12	연휴 連休	황금 연휴 때 뭐 하려고 해요？ 黃金連休（難得兩天以上連休）時打算要做什麼呢？
13	음력【陰曆】 農曆；陰曆	제 생일은 바로 음력 일월 일일입니다. 我的生日就是農曆一月一日。
14	예전 以前	여기는 예전과 정말 달라요. 這裡和從前真的很不同。
15	장마철 梅雨季	한국에서는 매우기라고 부르지 않아요. 장마철이라고 합니다. 在韓國梅雨季不稱為「매우기」。而是叫做「장마철」。
16	항상【恒常】 經常；總是	여기에 오면 저는 항상 이걸 먹어요. 來這裡的話我經常會吃這個。
17	현재 現在	현재 제 자신의 위치에 만족합니다. 對於現在自己的位置很滿足。
18	후【後】 之後	졸업한 후에 뭘 하려고 해요？ 畢業後打算做什麼呢？

19	휴가 休假	저는 친구와 함께 휴가를 지내고 싶습니다. 我想和朋友一起度過休假。
20	휴게소【休憩所】 休息站	휴게소에 도착하면 화장실 좀 갔다 올게요. 到休息站的話我要去一下洗手間。
21	휴일【休日】 休假	저는 휴일에 친구 집에 가려고 합니다. 我打算休假時去朋友家。

10. 數字及量詞

MP3-17

(1) 數字

1	공【空】 零	제 핸드폰 번호는 공일공으로 시작합니다. 我的手機號碼從零一零開始。
2	일 一	일 더하기 일은 이입니다. 一加一等於二。
3	이 二	이 곱하기 삼은 육입니다. 二乘三等於六。
4	삼 三	삼일 동안 약을 먹습니다. 要吃三天藥。

5	사 四	지금 초등학교 사학년입니다 . 現在是小學四年級。
6	오 五	오 빼기 이는 삼입니다 . 五減二是三。
7	육 六	육분의 일입니다 . 是六分之一。
8	칠 七	여기는 지하철 칠호선입니다 . 這裡是地鐵七號線。
9	팔 八	이거는 팔각정입니다 . 這是八角亭。
10	구 九	구 나누기 삼은 삼입니다 . 九除以三得三。
11	십 十	십 나누기 오는 이입니다 . 十除以五等於二。
12	백 百	백만 원을 냈어요 . 付了一百萬韓圓。
13	천 千	오천 원을 냅니다 . 要付五千韓圓。
14	만 萬	이거는 오만 분의 일 지도예요 . 這是五萬分之一的地圖。

Part I

單字篇

(2) 量詞

1	급 ～級	이 책은 영어 능력이 중급 이상인 사람만 읽을 수 있어요. 這本書只有英語能力在中等以上的人才看得懂。
2	개 ～個	사과 다섯 개 주세요. 請給我五個蘋果。
3	과 ～課	오늘은 제삼과부터 시작하겠습니다. 今天要從第三課開始。
4	권【卷】 ～本；～冊	책 한 권에 이천 원이에요. 세 권에 오천 원이에요. 書一本兩千韓圜。三本五千韓圜。
5	등 ～等（級）	일등상 받았어요. 得到了頭獎。
6	대 ～台（車輛）	자동차 두 대가 있어요. 我有兩台車。
7	명 ～名	모두 몇 명이에요? 共有幾名呢？
8	번【番】 ～次；號	전화번호가 몇 번이에요? 電話號碼是幾號呢？
9	분 ～位	몇 분이세요? 請問幾位呢？

10	수량 數量	수량단위를 배우고 있어요 . 我在學習數量單位。
11	이상 ～以上	기대 이상의 효과가 있어요 . 有超出預期的效果。
12	이하 ～以下	육십점 이하는 낙제 대상입니다 . 六十分以下就不及格。
13	인구 人口	인구 조사를 하고 있습니다 . 正在進行人口調查。
14	일인분 一人份	돌솥비빔밥 일인분 주세요 . 請給我一人份的石鍋拌飯。
15	장 ～張	인천공항 가는 표 네 장 주세요 . 請給我四張去仁川機場的票。
16	잔【盞】 ～杯	오렌지 주스 한 잔 주시겠어요 ? 可以給我一杯柳橙汁嗎 ?
17	정도 ～程度；～左右	회사까지 자동차로 한 시간 정도 걸려요 . 開車到公司大約要花一小時左右。

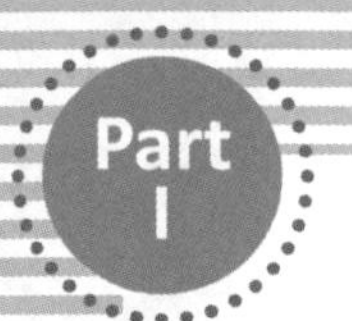

11. 動詞一：由漢字語加하다所組成

MP3-18

1	가입하다 加入	보험에 가입했어요. 已投保了。
2	감사하다 感謝	감사합니다. 謝謝。
3	건조하다 建造；乾燥	건조한 피부를 어떻게 관리해야 돼요？ 乾燥的皮膚要如何保養呢？
4	결정하다 決定	모임장소를 결정했어요？ 聚會場地決定了嗎？
5	결혼하다 結婚	다음 달에 결혼할 거예요. 下個月我要結婚了。
6	고민하다【苦悶하다】 煩惱	아이의 진학 문제로 고민하고 있어요. 正為了孩子的升學問題而煩惱。
7	고생하다【苦生하다】 辛苦；受罪	고생했어요. 辛苦了。
8	공부하다【工夫하다】 學習；讀書	한국어를 공부해요. 在學習韓文。
9	교환하다 交換	달러를 한화로 교환했어요. 把美金換成韓幣了。

10	구하다【求하다】 請求	양해를 구합니다. 求諒解。
11	기념하다 紀念	개교 삼십주년을 기념하는 축전입니다. 是紀念建校三十週年的慶典。
12	기억하다【記憶하다】 記得	똑똑히 기억하고 있어요. 還清楚地記得。
13	긴장하다 緊張	너무 긴장하지 마세요. 請不要太緊張。
14	계산하다【計算하다】 結算；結帳	계산해 주세요. 請幫我結帳。
15	계속하다 繼續	계속하세요. 請繼續。
16	계획하다 計劃	큰일을 계획하고 있어요. 計劃做大事。
17	관광하다 觀光	관광하러 왔어요. 我是來觀光的。
18	노력하다 努力	함께 노력합시다. 共同努力吧。
19	당황하다【唐慌하다】 慌張	급할수록 당황하지 말아요. 越著急越不要慌張。

20	도착하다【到著하다】 抵達	물건이 도착하는 시간을 미리 알려 주어야 합니다. 應該要事先通知東西送達的時間。
21	등록하다【登錄하다】 登記；冊	상표를 등록합니다. 註冊商標。
22	대답하다【對答하다】 回答	즉시 대답합니다. 即時回答。
23	대하다【對하다】 對於；對待	물음에 대한 대답입니다. 是針對提問的回答。
24	목욕하다【沐浴하다】 洗澡	찬물로 목욕하는 게 더 건강해요? 用冷水洗澡會更健康嗎？
25	발전하다 發展；進步	사회는 계속 발전합니다. 社會持續地發展。
26	발표하다 發表	각자 자기의 의견을 발표하세요. 請各自發表自己的意見。
27	방문하다 訪問；拜訪	처음 방문했습니다. 初次去拜訪了。
28	복잡하다 複雜；雜亂	문제가 좀 복잡해요. 問題有些複雜。
29	봉사 활동을 하다 【奉事活動하다】 擔任義工；志工	여름 방학에 봉사 활동을 할게요. 暑假我要擔任志工。

30	부탁하다【付託하다】 拜託	부탁해요! 拜託了。
31	불편하다【不便하다】 不方便；不舒服	불편하진 않을 거예요. 不會感到不舒適的。
32	사용하다 使用	변기가 고장 나서 사용할 수 없습니다. 馬桶故障了無法使用。
33	산책하다【散策하다】 散步	부모님은 산책하는 것을 좋아하세요. 父母親喜歡散步。
34	선물하다【膳物하다】 送禮	아이에게 자전거를 선물했습니다. 送腳踏車給孩子。
35	선택하다 選擇	직업을 선택합니다. 選擇工作。
36	설명하다 說明	설명해 주세요. 請為我說明一下。
37	소개하다【紹介하다】 介紹	제 고향을 소개하겠습니다. 我要介紹我的故鄉。
38	수술하다 手術	심장을 수술했습니다. 心臟動了手術。
39	수업하다【授業하다】 上課	제 시간에 수업합니다. 按時上課。

40	수영하다【水泳하다】 游泳	토요일에 수영을 합니다. 星期六游泳。
41	승진하다【昇進하다】 晉升；升職	부장으로 승진합니다. 晉升為部長。
42	식사하다【食事하다】 用餐	과장님 식사하셨어요? 課長，您用餐了嗎？
43	신고하다【申告하다】 申報；舉報	파출소에 사건을 신고했어요. 向派出所報案了。
44	신청하다 申請	장학금을 신청하려고 해요. 我打算申請獎學金。
45	실례하다【失禮하다】 不好意思	실례합니다. 不好意思。
46	실수하다【失手하다】 失手；失誤；失言	실수했어요. 我失誤了。
47	세수하다【洗手하다】 洗臉；洗手	세수하고 밥을 먹어요. 洗手後再吃飯。
48	안내하다【案內하다】 介紹；引導	앞에서 길을 안내합니다. 在前方帶路。
49	여행하다 旅行	제 취미는 여행하는 것입니다. 我的興趣是旅行。
50	연락하다 聯絡	이따가 다시 연락할게요. 等一會兒我會再和你聯絡。

51	연습하다 練習	붓글씨 쓰기를 연습하고 있어요. 我在練習寫毛筆字。
52	염색하다 染色	머리를 염색했어요. 我去染髮了。
53	요리하다【料理하다】 烹飪；料理	요리하는 것을 잘 못해요. 我不太會烹飪。
54	우회전하다 【右回轉하다】 右轉	앞 사거리에서 우회전하세요. 請在前面十字路口右轉。
55	운동하다 運動	운동하는 습관을 들이시면 건강에 도움이 될 겁니다. 有運動習慣對健康會有幫助。
56	운전하다【運轉하다】 駕駛；開（車）	안전히 운전합니다. 安全駕駛。
57	유행하다 流行	독감이 유행이에요. 流感正流行。
58	은퇴하다 隱退；退休	삼년 후에 은퇴할 겁니다. 三年後要退休了。
59	이용하다 利用	앞으로 집 근처 시장을 자주 이용하기로 했습니다. 我決定以後要常去利用住家附近的市場。

60	이해하다 理解	이해해 주세요 . 請理解我。
61	인사하다【人事하다】 打招呼	서로 인사하세요 . 請互相打招呼。
62	입원하다【入院하다】 住院	그는 아파서 입원했어요 . 他生病住院了。
63	입학하다 入學	대학에 입학했어요 . 上大學了。
64	예매하다 【豫買하다；豫賣하다】 預購	기차표를 예매하려고 해요 . 我打算訂火車票。
65	예방하다 預防	미리 예방하면 좋겠어요 . 事先預防的話就好了。
66	예약하다 預約	정은 씨는 방을 예약하려고 합니다 . 靜恩打算預訂房間。
67	외출하다 外出	선생님은 잠깐 외출하셨어요 . 老師暫時外出了。
68	원하다【願하다】 希望；想要	제가 원하는 게 바로 이것입니다 . 我想要的東西就是這個。
69	위하다【為하다】 為了～	자식을 위한 기도를 많이 하셨습니다 . 他為子女們做了許多的禱告。

70	전하다【傳하다】 傳達；轉交	어머니께 안부 전해 주세요 . 請代我向你母親問候。
71	전화하다 打電話	남자는 여자에게 왜 전화를 했습니까 ? 男子為什麼打電話給女子呢？
72	절약하다 節約	물과 전기를 절약하세요 . 請節約水電。
73	접수하다【接收하다】 接受；收到	여기에서도 신호를 접수할 수 있어요 . 這裡也收得到信號。
74	정리하다 整理	오늘 제 물건을 정리했습니다 . 今天整理了我的物品。
75	정하다【定하다】 決定	내일 스케줄을 정했어요 ? 決定明天的行程了嗎？
76	조사하다 調查	사고 원인을 조사하고 있습니다 . 正在調查事故原因。
77	조심하다【操心하다】 小心；保重	감기 조심하세요 . 請小心不要感冒。
78	존경하다 尊敬	이 분은 제가 제일 존경하는 스승님이세요 . 這位是我最敬重的老師。
79	졸업하다【卒業하다】 畢業	졸업을 하면 회사에서 일하려고 합니다 . 畢業的話打算到公司就業。

80	주문하다【注文하다】 點（餐）；預訂	주문한 그릇의 색깔을 바꾸려고 합니다. 打算更換預訂的碗的顏色。
81	주차하다【駐車하다】 停車	이 근처에 주차하는 게 쉽지 않아요. 這附近停車很不容易。
82	준비하다 準備	생일 선물을 준비해서 파티를 할 겁니다. 準備生日禮物後要舉行派對。
83	직진하다【直進하다】 前進	직진해서 약 오분 정도 가면 서울역을 볼 수 있어요. 往前走五分鐘左右就可以看到首爾車站了。
84	질문하다【質問하다】 詢問；發問	먼저 질문하세요. 請您先發問。
85	좌회전하다 【左回轉하다】 左轉	좌회전하세요. 請左轉。
86	참가하다 參加	회의에 참가하겠습니다. 我會參與會議。
87	청소하다【清掃하다】 打掃	청소하고 샤워해요. 打掃後洗澡。
88	초대하다【招待하다】 招待；邀請	초대해 주셔서 감사합니다. 謝謝您的招待。

89	추수하다 秋收	곡식을 추수할 수 있어요. 可以收割穀物了。
90	추억하다【追憶하다】 回憶	옛날을 추억합니다. 回憶昔日。
91	추천하다 推薦	인재를 추천해 주세요. 請推薦人才。
92	축구하다【蹴球하다】 踢足球	그는 축구하는 것을 좋아합니다. 他喜歡踢足球。
93	축하하다【祝賀하다】 道賀;恭禧	결혼 축하합니다. 恭禧你結婚。
94	출근하다【出勤하다】 上班	오늘 일찍 출근했어요. 今天提早上班了。
95	출발하다 出發	이십분 후에 출발하는 기차가 있어요. 有二十分鐘後出發的火車。
96	치료하다 治療	상처를 치료해요. 治療傷口。
97	칭찬하다 稱讚	모두가 칭찬했어요. 所有人都稱讚。
98	촬영하다【撮影하다】 拍攝	그는 영화를 촬영하고 있어요. 他正在拍電影。

Part I

單字篇

99	취소하다 取消	계약을 취소하겠습니다. 我要解除契約。
100	취직하다【就職하다】 就業；任職	회사에 취직합니다. 到公司任職。
101	통하다【通하다】 透過；相通；理解	서로 마음이 통할 수 있어요. 彼此心意可相通。
102	퇴근하다【退勤하다】 下班	먼저 퇴근해도 돼요? 我可以先下班嗎?
103	퇴원하다【退院하다】 出院	환자를 데리고 퇴원했어요. 接患者出院了。
104	포장하다 包裝	따로 포장해 주세요. 請幫我分開包裝。
105	표현하다 表現；表達	제 생각을 사람들에게 표현하는 것을 좋아해요. 我喜歡向人們表達我的想法。
106	후회하다 後悔	이렇게 할 거면 후회하지 마세요. 這樣做的話，請不要後悔。
107	화장하다【化粧하다】 化妝	화장을 안 해요. 我沒有化妝。
108	화해하다 和解	부부가 화해했어요. 夫妻和好了。

109	확인하다 確認	다시 확인해 보세요. 請再確認看看。
110	환불하다【還拂하다】 退錢	입장료를 환불할 겁니다. 會退還入場費。
111	환영하다 歡迎	환영합니다. 歡迎。
112	회의하다【會議하다】 開會	지금 긴급회의를 하고 있습니다. 目前在開緊急會議。

12. 動詞二：由漢字語加固有語所組成

MP3-19

1	고장나다 【故障나다】 故障；失靈	엔진이 고장났어요. 引擎失靈了。
2	고향에 가다 【故鄉에 가다】 回故鄉	여름 방학 때 고향에 가는 학생들이 많아요. 暑假時返鄉的學生很多。
3	교통사고가 나다 【交通事故가 나다】 發生交通事故	운전 부주의로 교통사고가 났어요. 因開車疏忽大意出了交通事故。
4	기대되다 【期待되다】 期待	정말 기대돼요. 真期待。

5	기억에 남다 【記憶에 남다】 留在記憶中	감동적인 장면이 아직도 기억에 남아 있어요. 動人的情景仍留在記憶中。
6	기온이 영하로 내려가다 【氣溫이 零下내려가다】 氣溫降到零度以下	추운 겨울날 기온이 영하로 내려가요. 寒冷的冬天氣溫會降到零度以下。
7	단풍이 들다 【丹楓이 들다】 楓葉染紅	설악산에 단풍이 들면 정말 아름다워요. 雪嶽山楓葉開始轉紅時，真的很美。
8	대회에 나가다 【大會에 나가다】 參加比賽	미인 대회에 나가겠습니다. 我要參加選美比賽。
9	문자를 지우다 【文字를 지우다】 刪除訊息	문자를 지웠어요. 刪除訊息了。
10	봉투에 넣다 【封套에 넣다】 裝入信封	편지를 접어서 봉투에 넣었어요. 將信折好裝入信封了。
11	배달되다 【配達되다】 送達	모든 상품이 배달됐어요. 所有商品都送到了。
12	사정이 있다 【事情이 있다】 有事情	사정이 있어서 이만 가 볼게요. 因還有事先告辭了。

13	사진을 찍다 【寫真을 찍다】 拍照	셀카봉으로 사진을 찍는 게 참 재미있네요. 用自拍神器拍照真有意思耶。
14	상을 받다 【賞을 받다】 得獎	상을 두 개 받았어요. 得到兩個獎。
15	소원을 빌다 【所願을 빌다】 祈願	기도하며 소원을 빌었어요. 禱告並許下心願。
16	소화가 안되다 【消化가 안되다】 不消化	이 음식은 소화가 잘 안돼요. 這食物不好消化。
17	시간 나다 【時間나다】 有時間	시간 나면 또 오세요. 有時間請再過來。
18	시간 내다 騰出時間；撥空	시간 좀 내 주시겠어요? 可以騰出時間嗎？
19	시간 지나가다 時間過去	시간은 빨리 지나간다. 時光飛逝。
20	시간 지키다 遵守時間	내일 중요한 회의가 있으니까 시간을 꼭 지켜야 돼요. 明天有很重要的會議，一定要遵守時間。

Part I

單字篇

21	시험을 보다 【試驗을 보다】 考試	피아노 급수 시험을 봤어요. 考完鋼琴分級考試了。
22	실력이 늘다 【實力이 늘다】 提高實力	언어 실력이 늘었어요. 語言實力進步。
23	세탁기를 돌리다 【洗濯機를 돌리다】 洗衣服（使洗衣機轉動）	빨래가 많아서 세탁기를 여러 번 돌려야 돼요. 要洗的衣服太多了，必須用洗衣機洗好幾次。
24	안약을 넣다 【眼藥을 넣다】 點眼藥水	하루 세 번 안약을 넣으세요. 一天請點三次眼藥水。
25	야단을 맞다 【惹端을 맞다】 挨罵；挨訓	성적이 나빠서 아버지에게 야단을 맞았어요. 因為成績太差，被父親教訓了一頓。
26	약을 먹다 【藥을 먹다】 服藥	약을 잘못 먹었어요. 吃錯藥了。
27	여권을 만들다 【旅券을 만들다】 辦護照	해외여행을 가려고 여권을 만들었어요. 打算出國旅行辦了護照。
28	연고를 바르다 【軟膏를 바르다】 擦軟膏	상처에 연고를 발랐어요. 在傷口上擦軟膏了。

29	열이 나다 ; 열이 있다 【熱이 나다 ; 熱이 있다】 發燒	어제부터 열이 났어요 . （或） 어제부터 열이 있었어요 . 從昨天開始發燒。
30	우표를 붙이다 【郵票를 붙이다】 貼郵票	여기 우표를 붙이세요 . 這裡請貼上郵票。
31	음식을 차리다 【飲食을 차리다】 準備食物	음식을 차릴게요 . 我來準備食物。
32	음악을 듣다 【音樂을 듣다】 聽音樂	취미는 음악을 듣는 것입니다 . 興趣是聽音樂。
33	이사를 가다 【移徙를 가다】 搬家	제가 외국으로 이사를 갈 거예요 . 我要搬到國外。
34	인형을 모으다 【人形을 모으다】 蒐集玩偶	인형을 모아요 . 蒐集玩偶。
35	장마가 시작되다 【장마가 始作】 梅雨季開始	오월에 장마가 시작돼요 . 五月梅雨季開始。
36	전화가 오다 【電話가 오다】 來電	집에서 전화가 걸려 왔어요 . 從家裡打來電話了。

37	전화를 걸다 打電話	전화를 걸었어요. 打了電話。
38	전화를 받다 接電話	전화를 왜 안 받았어요? 為什麼沒接電話呢?
39	전화를 끊다 掛電話	전화를 끊을게요. 我要掛電話了。
40	정이 들다 【情이 들다】 產生感情	싸움 끝에 정이 든다. 不打不相識。
41	주소를 쓰다 【住所를 쓰다】 寫地址	주소를 여기에 쓰세요. 地址請寫在這裡。
42	진료를 받다 【診療를 받다】 接受診療	전문 진료를 받습니다. 接受專科診療。
43	청소기를 돌리다 【清掃機를 돌리다】 開吸塵器	청소기를 돌린 후에 방이 깨끗해졌어요. 用吸塵器吸過後,房間變乾淨了。
44	초대를 받다 【招待를 받다】 接受招待;邀請	돌잔치 초대를 받았어요. 收到了週歲宴的邀請。
45	치료를 받다 【治療를 받다】 接受治療	친구는 항암 치료를 받고 있어요. 朋友在接受抗癌治療。

46	친구를 사귀다 【親舊를 사귀다】 交朋友	한국 친구를 사귀고 싶어요 . 我想交韓國朋友。
47	책을 읽다 【冊을 읽다】 讀書	무슨 책을 읽어요 ? 在讀什麼書呢？
48	한복을 입다 【韓服을 입다】 穿韓服	한복을 입는 것이 참 재미있네요 . 穿韓服真有趣呢。
49	화가 나다 【火가 나다】 生氣	작은 일에도 자주 화가 나요 . 對小事也常生氣。
50	회사를 옮기다 【會社를 옮기다】 換公司；跳槽	요즘 회사를 옮기고 싶습니다 . 最近想要跳槽。

13. 形容詞一：由漢字語加하다所組成 MP3-20

1	간단하다【簡單하다】 簡單的	간단해요 . 很簡單。
2	건강하다【健康하다】 健康的	건강하십니까 ? 身體康健嗎？

3	급하다【急하다】 著急的；緊急的	시간이 급해요. 時間很緊急。
4	미안하다【未安하다】 對不起	미안합니다. 對不起。
5	안녕하다【安寧하다】 平安的；安好的	안녕하세요. 您好。
6	안전하다【安全하다】 安全的	고속도로보다 철도를 이용하는 편이 안전해요. 坐火車比走高速公路安全。
7	위험하다【危險하다】 危險的	너무 위험하니까 다시는 하지 마세요. 太危險請不要再做了。
8	유명하다【有名하다】 有名的	조금 유명해요. 小有名氣。
9	죄송하다【罪悚하다】 慚愧的；抱歉的	죄송합니다. 抱歉。
10	중요하다【重要하다】 重要的	그게 뭐가 중요해요? 那有什麼重要的呢？
11	친절하다【親切하다】 親切的	그 분은 정말 친절하세요. 那位真親切。
12	친하다【親하다】 親近的	친한 사이예요. 是親近的關係。

13	편하다【便하다】 方便的；舒適的	가게가 많아서 물건 사기가 편해졌습니다 . 因為有許多商店，買東西變得很方便。
14	필요하다【必要하다】 必要的	필요하시면 가져가세요 . 需要的話，請拿去。

14. 形容詞二：由漢字語加固有語所組成 MP3-21

1	기분이 나쁘다 【氣分이 나쁘다】 心情不好	왜 기분이 나빠요 ? 為什麼心情不好呢？
2	기운이 없다 【氣運이 없다】 沒力氣；無精打采	하루 종일 피곤하더니 몸에 기운이 없네요 . 累了一天，全身無力。
3	남성적 【男性적】 男性的	남성적 기질이 있어요 . 有男人味。
4	내성적 【內省적】 內向的	성격이 내성적인 편이에요 . 我的個性算是內向的。
5	다행이다 【多幸이다】 幸好	이겨서 다행이에요 . 幸好獲勝了。

6	물론이다 【勿論이다】 當然	물론이죠! 當然!
7	방값이 싸다 【房價이 싸다】 房價便宜	방값이 싸요. 房價便宜。
8	방이 넓다 【房이 넓다】 房間寬敞	방이 넓은 거를 더 좋아해요. 我更喜歡房間寬敞。
9	상관없다 【相關없다】 沒關係;無關	당신하고 상관없어요. 和你沒有關係。
10	습도가 높다 【濕度가 높다】 濕度高	장마철에는 습도가 높아요. 梅雨季濕度很高。
11	시설이 잘되어 있다 【施設이 잘되어 있다】 設備良好	여기는 시설이 잘되어 있는 일류 영화관이에요. 這裡是設備精良的一流電影院。
12	쌍꺼풀이 없다 【雙꺼풀이 없다】 沒有雙眼皮	쌍꺼풀이 없어서 수술하려고 해요. 因為沒有雙眼皮,所以去動手術。
13	쌍꺼풀이 있다 【雙꺼풀이 있다】 雙眼皮	우리 가족들은 다 쌍꺼풀이 있어요. 我家人都有雙眼皮。

14	여성적 【女性적】 嬌柔的	저는 여성적이고 조용한 편이에요. 我算是較嬌柔且安靜的。
15	운이 없다 【運이 없다】 運氣不佳	이 사람은 출신은 좋지만 운이 없었어요. 這人雖有好的出身背景，運氣卻不佳。
16	전망이 좋다 【展望이 좋다】 前途看好；風景好	창에서 보는 전망이 아주 좋아요. 從窗戶眺望景色好美。
17	정신이 없다 【精神이 없다】 精神不佳；忙得四腳朝天	바빠서 정신이 없어요. 忙得四腳朝天。
18	전통적 【傳統적】 傳統的	전통적인 편이에요. 算是比較傳統的。
19	체격이 좋다 【體格이 좋다】 體格、體型好	그 사람은 체격이 아주 좋네요. 那人的身材真棒啊。

15. 副詞

MP3-22

1	대부분 大部分	친구하고 이야기 할 때 대부분 우리가 떠올리는 것은 맛집에 관한 내용입니다 . 和朋友聊天時，我們大多想到的是和美食餐廳有關的內容。
2	열심히【熱心히】 努力地；熱心地；用功地	열심히 끝까지 할게요 . 我會努力堅持到底的。
3	완전히 完全地	완전히 팔았어요 . 銷售一空。
4	전혀【全혀】 完全	이 김치찌개는 전혀 안 매워요 . 這泡菜鍋完全不辣。
5	전부 全部	전부 다 포장해 주세요 . 請全部都幫我包裝。
6	직접 直接；親自	적접 이야기하세요 . 請直接講。
7	제일【第一】 最～	불고기를 제일 좋아합니다 . 我最喜歡烤肉。
8	참 真	참 재미있어요 . 真有趣。
9	특히【特히】 特別	특히 어느 나라 외국어를 잘하세요 ? 您特別擅長哪個國家的語言呢？

三
고유어
固有語

　　固有語就是韓語中本來就有、或以其為基礎所造的單字，簡單來說就是「純韓文」用語，像是女生們稱呼「哥哥」時叫的「오빠」、或是「泡菜」的韓語「김치」等都是。一般而言，固有語只要多接觸，自然而然就能記起來，但對剛接觸韓語的學習者而言，的確需要多花些時間才能掌握。建議在學習過程中，可試著利用固有語單字造出與自身生活、經歷相關的短句，記錄起來並加入情感經常練習背誦，將有助於大量累積單字量並能更自然地實際應用出來。

Part I

單字篇

1. 人

MP3-23

(1) 身體部位

1	가슴 胸；內心	그 분을 만날 생각에 가슴이 설레요. 想到要和那位見面內心興奮不已。
2	귀 耳	스트레스가 심하면 귀가 울려요. 壓力大的話耳朵會耳鳴。
3	눈 眼	그의 눈이 보배다. 他過目不忘。
4	다리 腿	다리가 아파요. 腿好痛。
5	마음 心；心思	마음도 가벼워지고 기분도 좋아집니다. 內心變得輕鬆，心情也會好起來。
6	머리 頭；頭髮；腦筋	자주 머리를 쓰세요. 請常常動腦。
7	머리 모양 髮型	쌍둥이의 머리 모양이 좀 다른데요. 雙胞胎的髮型不太一樣。
8	목 脖子；嗓子	목이 쉬어서 연설을 못합니다. 嗓子啞了，無法演講。
9	몸 身體	몸 조심하세요. 請注意身體。

10	무릎 膝蓋	무릎 꿇어！ 跪下！
11	발 腳	남동생은 발이 아주 큽니다. 弟弟的腳很大。
12	배 肚子	배를 따뜻하게 하는 방법이 뭐예요？ 能使肚子熱起來的方法是什麼？
13	뼈 骨；骨頭	말 속에 뼈가 들어 있다. 話中帶刺。（有骨頭的話。）
14	속마음 內心	속마음을 알 수 없는 사람입니다. 是無法知道其內心的人。
15	손 手	내 손을 잡아요. 捉住我的手。
16	어깨 肩	양쪽 어깨가 다 아파요. 兩肩都痠痛。
17	얼굴 臉	웃는 얼굴입니다. 是笑臉。
18	입 口	입이 짧아요. 挑食；胃口小。（嘴巴短。）
19	위 胃	위궤양입니다. 是胃潰瘍。
20	코 鼻	코가 높아요. 自以為是。（鼻子高。）

21	팔 手臂	팔이 좀 쑤셔요 . 手臂有點痠。
22	허리 腰	허리 펴는 운동을 가르쳐 줘요 . 教我伸展腰部的運動。
23	혀 舌	그 아이는 혀가 짧아서 발음이 정확하지 않아요 . 那孩子因為舌頭短，所以發音不清楚。

(2) 家族

1	누나 （男生稱）姊姊	그의 누나예요 . 我是他姊姊。
2	딸 女兒	제 큰딸이에요 . 是我的大女兒。
3	아기 孩子	우리 아기는 잠을 잘 잔다 . 我們的孩子愛睡覺。
4	아내 妻子	이쪽은 제 아내입니다 . 這是我太太。
5	아들 兒子	큰아들입니다 . 是長子。
6	아버지 父親	아버지는 의사입니다 . 父親是醫師。

7	아빠 爸爸	아빠 안녕 . 再見，爸爸。
8	아이 小孩	우리 집 아이는 아직 결혼하지 않았어요 . 我家的孩子還沒結婚。
9	아우 弟弟	형과 아우입니다 . 是哥哥和弟弟。
10	아저씨 叔叔；老闆	아저씨 어서 오세요 . 叔叔請快進來。
11	어머니 母親	저는 어머니와 보내는 시간이 즐겁습니다 . 我和母親度過的時光很愉快。
12	언니 （女生稱）姊姊	난 언니만 믿어요 . 我全靠姊姊了。（我只相信姊姊。）
13	어른 大人；令尊	그는 이제 어른이 되었어요 . 他現在成了大人。
14	엄마 媽媽	엄마 , 배고파요 . 밥 주세요 . 媽媽，我肚子餓。給我飯。
15	여러분 大家；各位	여러분 , 안녕하세요 . 大家好！
16	오빠 （女生稱）哥哥	우리 오빠는 크리스천입니다 . 我哥哥是基督徒。

17	우리 我們	우리 집에 놀러 오세요. 請來我家玩。
18	웃어른 長輩	웃어른께 먼저 인사 드려라. 先向長輩請安吧。
19	이름 姓名	제 이름은 지숙입니다. 我的名字是智淑。
20	조카 侄兒	제 조카 며느리예요. 是我的侄媳婦。
21	할머니 奶奶	저희 할머니는 집에 계실 때가 많습니다. 我奶奶常待在家裡。
22	할아버지 爺爺	저는 요즘 할아버지와 함께 산책을 합니다. 我最近和爺爺一起散步。

2. 食

MP3-24

食物名稱

1	김 海苔	김은 몸에 좋은 음식입니다. 海苔是對身體好的食物。
2	김치전 泡菜煎餅	학생 식당에 김치전이 없습니다. 學生餐廳沒有泡菜煎餅。

3	김치찌개 泡菜鍋	김치찌개를 맛있게 끓이는 법을 소개해 드려요. 向您介紹美味地煮泡菜鍋的方法。
4	닭갈비 雞排	닭갈비와 막국수를 같이 드셔 보세요. 請一起嚐嚐看雞排和蕎麥涼麵。
5	돌솥비빔밥 石鍋拌飯	저는 정말 맛있는 돌솥비빔밥 식당을 알고 있어요. 我知道一家很好吃的石鍋拌飯餐廳。
6	된장찌개 大醬鍋	된장찌개가 좀 짜요. 大醬鍋有點鹹。
7	떡볶이 辣炒年糕	아이들은 떡볶이를 참 좋아해요. 孩子們很喜歡辣炒年糕。
8	막걸리 馬格利酒（米酒）	이 막걸리는 너무 싱거워요. 這馬格利酒太淡了。
9	볶음밥 炒飯	가끔 새우볶음밥을 먹고 싶어요. 偶爾想吃蝦仁炒飯。
10	불고기 烤肉	오늘 점심에 불고기를 먹읍시다. 今天中午吃烤肉吧。
11	붕어빵 鯛魚燒	아들이 아버지와 붕어빵이다. 兒子和父親是鯛魚燒。（意指父子長相相似。）
12	비빔국수 拌麵	비빔국수를 만들어 드세요. 請做拌麵來享用。

Part I

單字篇

13	빈대떡 綠豆煎餅	빈대떡을 부쳐 이웃과 나눠 먹었어요 . 煎了綠豆煎餅與鄰居分享吃了。
14	순두부찌개 豆腐鍋	순두부찌개를 좋아해요 ? 你喜歡豆腐鍋嗎 ?
15	찜닭 燉雞	안동찜닭이 참 유명해요 . 安東燉雞真出名。

3. 衣

MP3-25

(1) 穿著、配件

1	구두 皮鞋	구두약 좀 쓰세요 . 請用點鞋油。
2	귀걸이 耳環	꽃그림이 있는 귀걸이예요 . 是有花的圖案的耳環。
3	끈 帶子	짐을 끈으로 묶었어요 . 用帶子捆好行李了。
4	머리띠 髮箍	예쁜 머리띠로 묶었어요 . 綁了漂亮的髮箍。
5	목도리 圍巾	털목도리가 따뜻해 보여요 . 毛圍巾看起來好暖和。
6	바지 褲子	빨간색 바지를 좋아해요 . 我喜歡紅褲子。

7	반지 戒指	약혼 반지를 샀어요 . 買了訂婚戒指。
8	부채 扇子	태국에 가면 부채하고 선글라스를 가져가야 돼요 . 去泰國的話要帶扇子和太陽眼鏡才行。
9	옷 衣服	옷 가게를 개업했어요 . 開了服飾店。
10	양말 襪子	친구는 저에게 양말을 사 주었습니다 . 朋友買了襪子送我。
11	치마 裙子	긴 치마를 입었어요 . 穿了長裙。
12	크기 大小	크기가 같아요 . 大小相同。

(2) 顏色、花紋

1	검은색 黑色	검은색 선글라스를 샀어요 . 買了一副黑色墨鏡。
2	꽃무늬 花紋；花樣	꽃무늬가 있는 이 신발이 너무 예쁘네요 . 這有花紋的鞋好漂亮哦。
3	까만색 黑色	오늘은 까만색 양복을 입지 마세요 . 今天請不要穿黑色西裝。

Part I

單字篇

4	까맣다 烏黑的	까만 눈동자가 있어요 . 有烏黑的眼珠。
5	노란색 黃色	이 노란색 자전거가 예쁘네요 . 這台黃色腳踏車很漂亮耶。
6	노랗다 黃的	그 노란 넥타이가 어디에 있어요 ? 那條黃色領帶在哪呢 ?
7	물방울 무늬 水滴紋	저 물방울 무늬 셔츠 좀 보여 주세요 . 請給我看那件有水滴紋的襯衫。
8	보라색 紫色	보라색을 너무 좋아해요 . 我很喜歡紫色。
9	빨간색 紅色	빨간색 비옷을 골라 샀어요 . 選購了件紅色雨衣。
10	빨갛다 紅的	빨간 고추가 너무 매워 보여요 . 紅色辣椒看起來很辣。
11	색깔 顏色	원하시는 색깔이 가게 없어서 공장에 주문을 했는데요 . 因為店裡沒有您想要的顏色，所以向工廠下訂單了。
12	줄무늬 條紋	줄무늬 타월이 있어요 ? 有條紋毛巾嗎 ?
13	파란색 藍色	파란색 잉크가 없었어요 . 藍墨水沒了。

14	파랗다 藍的	금발에 파란 눈의 미인입니다 . 是金髮碧眼的美女。
15	하얀색 白色	화장실에 있는 세면대는 보통 다 하얀색입니다 . 在廁所的洗手台一般都是白色的。
16	하얗다 白的	하얀 모자를 쓴 사람은 제 친구예요 . 戴著白帽子的人是我朋友。

4. 住

MP3-26

住家、用品

1	거울 鏡子	안경을 쓰고 거울을 한번 보세요 . 請戴上眼鏡照鏡子看看。
2	부엌 廚房	각층에 작은 부엌이 있어요 . 各層樓有小廚房。
3	신발장 鞋櫃	신지 않는 신발은 빨리 신발장에 넣어요 . 快把不穿的鞋放進鞋櫃裡。
4	옷장 衣櫃	옷장에서 옷을 꺼내요 . 從衣櫃拿出衣服來。

5	이웃 鄰居	이웃에 놀러 왔어요. 來鄰居家玩了。
6	집 家	집에서 책상을 만들고 있습니다. 我正在家裡製作書桌。

5. 行

MP3-27

(1) 地點、場所

1	곳 地方	가구 만드는 곳에 가면 다 가르쳐 줘요. 到製作傢俱的地方都會教你的。
2	김치박물관 泡菜博物館	김치박물관에서 구경하고 있어요. 正在逛泡菜博物館。
3	꽃집 花店	꽃집에서 아르바이트해요. 在花店打工。
4	노래방【노래房】 KTV；卡拉 OK	노래방에 거의 안 가요. 我幾乎不去 KTV。
5	빵집 麵包店	건너편 빵집이 빵을 잘 만들어요. 對面的麵包店麵包做得很好。
6	시골 鄉下	우리는 시골 친구입니다. 我們是同鄉。

7	자리 位置；座位	별자리가 뭐예요？ 你是什麼星座呢？
8	찜질방【찜질房】 桑拿浴室	찜질방에서 뭘 할 수 있어요？ 在桑拿浴室可以做些什麼呢？

(2) 位置、方向

1	거리 距離	이상과 현실의 거리는 얼마나 멀어요？ 理想和現實的距離有多麼遙遠呢？
2	길 路	길 좀 가르쳐 주세요. 請讓我問個路。
3	뒤 後面	학생식당은 도서관 뒤에 있어요. 學生餐廳在圖書館後面。
4	밑 下面	산 밑에 있는 마을입니다. 在山底下的村子。
5	밖 外面	차가 대문 밖에 있어요. 車在大門外。
6	사거리 十字路口	사거리를 지나면 바로 그 편의점이 보여요. 過十字路口就會看見那家便利商店了。
7	아래 下面；下	제 성적은 그보다 아래예요. 我的成績不如他。

8	안 裡面	기차 안에서 볼 수 있어요 . 在火車裡可以看到。
9	앞 前面	집 앞에는 강이 있어요 . 房子前面有河。
10	옆 旁邊	냉장고가 책상 옆에 있어요 . 冰箱在書桌旁邊。
11	오른쪽 右邊	거기 오른쪽 자리에 앉으세요 . 請坐在那裡右邊的座位。
12	왼쪽 左邊	왼쪽에 보이는 건물이 바로 학교예요 . 左邊看到的建築物就是學校。
13	위 上面	이것은 위의 결정입니다 . 這是上面的決定。

6. 育

MP3-28

(1) 學習相關、文具

1	가위 剪刀	이 가위로 냉면을 잘라 주세요 . 請用這剪刀剪冷麵。
2	같은 과 同科系	우리는 같은 과를 졸업한 학생입니다 . 我們是系友。（同系畢業的學生。）
3	글씨 字體	글씨가 훌륭해요 . 字寫得很好。

4	글자 文字	여기는 소리 글자입니다. 거기는 뜻 글자입니다. 這裡是表音文字。那裡則是表意文字。
5	높임말 敬語	높임말 쓰는 방법을 배우고 있어요. 正在學習敬語的用法。
6	이야기 談話；傳說；故事	설아한테서 이야기를 많이 들었어요. 我從小雪那聽到許多關於你的事。
7	얘기 故事；話 （是「이야기」的略語；用法與「이야기」相同。）	이따 얘기하자구요. 等會兒再說吧。
8	잘못 錯誤	지하철을 잘못 탔어요. 搭錯地鐵了。
9	지우개 橡皮擦	연필과 지우개를 주세요. 請給我鉛筆和橡皮擦。

(2) 經濟、金融、商業活動

1	옷값 衣服價格	옷값을 먼저 알아볼게요. 我先去打聽看看衣服的價格。
2	집세 房租	여기는 집세를 어떻게 계산하나요？ 這裡的房租怎麼算呢？

7. 樂

MP3-29

(1) 興趣、休閒活動

1	가위바위보 剪刀石頭布（猜拳）	가위바위보로 정해요 . 猜拳決定。
2	구경거리 看頭；可看之處；説辭；好戲	남의 구경거리가 되고 싶지 않아요 . 不想成為他人的説辭（話柄）。
3	그림 畫	한국의 옛날 그림은 몇 층에 있어요 ? 韓國古畫在幾樓呢？
4	그네 鞦韆	그네를 뛰어요 . 盪鞦韆。
5	낚시 釣魚	밤낚시를 좋아해요 . 喜歡夜釣。
6	노래 歌曲	우리 노래 모임에 오세요 ! 請來我們的歌唱聚會！
7	놀이 遊戲	카드 놀이를 하고 있어요 . 在玩牌。
8	눈사람 雪人	눈사람을 만듭니다 . 堆雪人。
9	동아리 社團	배구 동아리에 한번 가 보고 싶어요 . 想去一次排球社看看。

10	모임 聚會	모임에서 노래를 배웁니다. 在聚會中學習歌曲。
11	손님 客人	손님, 어서 오세요. 客人，歡迎光臨！
12	쉬는 시간 休息時間	너무 바빠서 쉬는 시간이 거의 없어요. 太忙了，幾乎沒有休息時間。
13	춤 舞蹈	사교 춤을 꼭 배워야 돼요? 非得要學社交舞嗎？

(2) 節日、慶典活動

1	강강술래 【強羌水越來舞】 圓圈舞(韓國傳統舞蹈)	'강강술래'는 정월 대보름날이나 추석 날 밤에 주로 여자들이 하는 춤입니다. 「強羌水越來舞」是元宵節或中秋節夜晚時，主要由女性來進行的舞蹈。
2	날 天；日子	저는 학생 식당에 날마다 갑니다. 我每天都去學生餐廳。
3	돌잔치 週歲宴	돌잔치를 한 장소는 시내에 있는 유명한 호텔이었어요. 辦週歲宴的地點是在市區一家有名的飯店。
4	불꽃놀이 煙火	설날에는 일부 사람들이 불꽃놀이 하는 것을 좋아해요. 有些人喜歡在過年放煙火。

5	설날 過年；春節	설날 때 아이들은 세뱃돈을 받기를 기다리고 있어요. 過年時孩子們都等著領壓歲錢。
6	윷놀이 擲柶遊戲（韓國傳統民間遊戲）	윷놀이 규칙을 알려 주세요. 請告訴我擲柶遊戲的規則。

(3) 國名、城市

1	나라 國家	나라마다 언어와 생활방식이 너무 달라요. 每個國家語言和生活方式非常不一樣。

8. 自然

MP3-30

(1) 動物

1	강아지 小狗	강아지와 함께 놀고 같이 산책도 하면서 시간을 보내게 되었습니다. 我和小狗一起玩、一起散步度過了時間。
2	곰 熊	아기 곰은 너무 귀여워요. 幼熊很可愛。
3	개미 螞蟻	개미들은 언제나 부지런합니다. 螞蟻總是很勤勞。

4	개 狗	여러 개의 개조심 표지판이 있습니다. 這裡有幾個當心惡犬的標示板。
5	게 螃蟹	게는 왜 옆으로 걸을까요? 螃蟹為什麼橫著走呢?
6	까치 喜鵲	까치를 키우고 싶어요. 想飼養喜鵲。
7	꼬리 尾巴	꼬리가 짧아요. 尾巴短。
8	나비 蝴蝶	나비야라는 동요를 들어봤어요? 你聽過叫做「蝴蝶呀」這首童謠嗎?(旋律為童謠「小蜜蜂」)
9	닭 雞	불닭꼬치 주세요. 請給我辣烤雞肉串。
10	돼지 豬	저는 돼지띠예요. 我屬豬。
11	소 牛	어렸을 때 집에서는 소를 길렀어요. 小時候家裡有養牛。
12	새 鳥	새가 날아요. 鳥兒飛。
13	쥐 鼠	쥐 없애는 방법이 있나요? 有滅鼠的方法嗎?

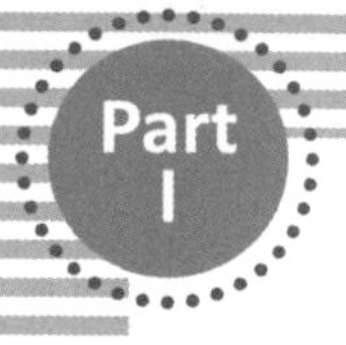

14	제비 燕子	'제비는 작아도 강남 간다'라는 말이 있어요. 有句話叫「秤砣雖小壓千斤」。（燕子雖小卻能飛到江南。）
15	코끼리 象	코끼리를 본 적이 있어요. 我看過大象。
16	타조 鴕鳥	동물원에 타조가 있어요. 動物園有鴕鳥。

(2) 植物

1	꽃 花	생일 때 꽃다발을 받고 싶어요. 生日時想收到花束。
2	나무 樹木	이 나무는 희귀종입니다. 這棵松樹是稀有品種。
3	벚꽃 櫻花	벚꽃 구경을 하려고 해요. 我打算去賞櫻花。
4	벼 稻子	벼가 쌀이 되는 과정을 들어봐요. 聽聽看稻子變成米的過程。
5	뿌리 根	뿌리 깊은 전통입니다. 是悠久的傳統。（是根深蒂固的傳統。）
6	숲 樹林	푸른 숲을 이뤘어요. 形成了綠樹叢。

7	씨 種子；籽	씨 없는 수박 사고 싶어요 . 我想買無籽西瓜。
8	잎 葉	날씨가 너무 더워서 나무의 잎이 모두 시들었어요 . 天氣太炎熱，葉子都枯萎了。

(3) 季節、氣候、自然環境

1	가을 秋天	가을은 추수의 계절입니다 . 秋天是收穫的季節。
2	겨울 冬天	겨울에 눈길을 산책하고 얼음낚시를 합니다 . 冬天在鋪滿雪的道路上散步和冰釣。
3	날씨 天氣	오늘 날씨가 어때요 ? 今天天氣如何？
4	달 月色；月亮	달이 밝아요 . 月色明亮。
5	무지개 彩虹	소나기가 지나가면 무지개가 떠요 . 陣雨過後天空出現彩虹。
6	바다 海	배로 바다를 건넜어요 . 用船渡過了大海。
7	번개 閃電	번개가 쳐요 . 閃電。

8	봄 春天	봄이 됐으니 꽃이 필 거예요. 春天到，花兒就會開。
9	빛 光；光芒	어둠속에서 빛을 발견했습니다. 從黑暗中看見了希望（光芒）。
10	섬 島	꿈나라와 같은 바다 섬이네요. 是如仙境般的海島呀。
11	안개 霧	안개가 걷혔어요. 霧散去了。
12	여름 夏天	난 겨울보다 여름을 더 좋아해요. 比起冬天我更喜歡夏天。
13	하늘 天	하늘의 도움을 받아야 합니다. 必須得到上天的幫助。
14	해 太陽	해가 서산에 졌어요. 太陽已經西下。

9. 時間

1	낮 白天	낮이 길어요. 白晝長。
2	다음 날 隔天	다음 날 경기는 이길 수 없을 것 같습니다. 隔天的比賽似乎無法獲勝。
3	며칠 幾天；幾月幾號	며칠 동안 머무를 거예요? 要待幾天呢?
4	밤 夜晚	밤을 새워 공부할 거예요. 要熬夜唸書了。
5	보름달 滿月	올해 한가위에 보름달을 볼 수 있을까요? 今年中秋節看得到滿月嗎?
6	사흘 三天	그는 사흘이 멀다 하고 외박을 했어요. 他三天兩頭都在外過夜。
7	새벽 清晨	새벽시간의 활용이 왜 그렇게 중요할까요? 清晨時間的利用為什麼那麼重要呢?
8	아침 早晨	아침에 일어나서 운동해요. 早上起床後做運動。
9	어제 昨天	저는 어제 스키를 탔습니다. 我昨天去滑雪了。

10	얼마 전 不久前	저는 얼마 전에 새 집에 이사를 왔습니다. 我不久前搬來新家了。
11	오늘 今天	물건은 오늘 중에 도착해야 합니다. 東西應該要在今天內送到。
12	요즘 最近	요즘 배달할 물건이 많아서 도착 시간을 말씀 드리기 좀 어렵네요. 最近要配送的東西很多，所以很難告訴您到貨時間。
13	이제 現在	이제는 더 할 말이 없네요. 如今已無話可說了。
14	저녁 晚上	오늘 저녁에 약속이 있는데요. 我今晚有約了。
15	조금 전 不久前；剛才	조금 전에 도착했어요. 我在不久前才抵達。
16	조금 후 不久後；稍後	조금 후에 회의가 있겠습니다. 稍後要開會。
17	지금 現在	지금은 몇 시에 갈 수 있을지 잘 모르겠어요. 目前不太清楚幾點可以過去。
18	지난주 上週	여자는 지난주에 시계를 주문했습니다. 女子上週訂了手錶。

19	쯤 左右；大概	오늘 몇 시쯤 물건을 받을 수 있을까요？ 今天幾點左右可以收到東西呢？
20	처음 初次；開始；起頭	일은 처음이 매우 중요합니다. 事情的起頭很重要。
21	하루 一天	로마는 하루아침에 이루어진 것이 아니에요. 羅馬不是一天就可以造成的。
22	한참 一陣子	한참 서 있다가 자리가 나서 앉았어요. 站了好一陣子才有空位能坐下來。

10. 數字及量詞

MP3-31

(1) 數字

1	하나 / 한 一	방법은 하나뿐이에요. 只有一個方法。
2	둘 / 두 二	이미 두 시가 됐어요. 已經兩點了。
3	셋 / 세 三	돼지 세 마리가 있어요. 有三隻豬。
4	넷 / 네 四	네 시에 모임을 시작합니다. 四點開始聚會。

5	다섯 五	다섯번째 정류장에서 내리면 저희 회사예요. 第五站下車就是我們公司了。
6	여섯 六	여섯에 하나를 더하면 일곱입니다. 六加一等於七。
7	일곱 七	일곱은 행운의 수입니다. 七是幸運數字。
8	여덟 八	우리 회사는 여덟 시간 근무제도입니다. 我們公司是八小時工時制。
9	아홉 九	오전 아홉 시쯤에 만나요. 上午九點左右見面。
10	열 十	열 번 듣는 것이 한 번 보는 것만 못하네요. 百聞不如一見呢。
11	스무 / 스물 二十	스무 살입니다. 是二十歲。
12	서른 三十	나이가 벌써 서른이에요. 已年過三十了。
13	마흔 四十	마흔에 가까운 나이예요. 將近四十的歲數。

14	쉰 五十	쉰 살이 되면 다른 하고 싶은 게 있어요？ 到五十歲時有其它想做的事嗎？
15	예순 六十	나이가 이미 예순이 되었어요. 年已六旬。
16	일흔 七十	요즘은 일흔 넘어 사는 사람도 많아요. 近來活到七十歲以上的人很多。
17	여든 八十	교실에 학생 여든 명이 있어요. 教室有八十名學生。
18	아흔 九十	아흔에서 열을 빼면 여든이에요. 九十減去十是八十。

(2) 量詞

1	길이 長度	밤과 낮의 길이가 같아요. 夜晚和白天一樣長。
2	그릇 碗	냉면 네 그릇 주세요. 請給我們四碗冷麵。
3	나이 年紀	나이가 많아 보여요. 看起來年紀不小。
4	들 表示複數	시내에는 차들이 많아요. 市區車子很多。

5	사람 人	예전에 사람들은 비가 올 때 이런 신발을 신었습니다 . 從前的人們下雨時會穿這種鞋。
6	사이 關係；之間	서로 사이 좋게 지내세요 . 請好好相處。
7	살 歲	몇 살이에요 ? 你幾歲了？
8	씩 每～	한 책상에 물을 두 병씩 놓으세요 . 請在每桌放兩瓶水。
9	여러 가지 各種	여러 가지로 폐를 끼쳤습니다 . 給您添了許多麻煩。
10	여러 나라 各國	동남아시아의 여러 나라를 잘 아세요 ? 您很瞭解東南亞各國嗎？
11	저울 秤	저울로 무게를 달아 보세요 . 請用秤稱看看重量。
12	표 票	이십 분 후에 표를 사려고 합니다 . 打算二十分鐘後再買票。
13	톤 噸；錢	이 바위가 백사 톤입니다 . 這石頭一百零四噸重。
14	한 번 一次	그 중에는 한 번도 쓰지 않은 새 물건이 많았습니다 . 在那裡面一次都沒用過的新物品很多。

11. 動詞一：由固有語加하다所組成

MP3-32

1	고개를 숙여서 인사하다 恭敬地行禮打招呼	고개를 숙여서 인사하세요. 請恭敬地行禮打招呼。
2	구경하다 觀賞；參觀；看	우리 이제 그만 구경하고 가요. 我們現在不要再看下去了。
3	기침하다 咳嗽	기침 심하게 할 때는 이렇게 해 보세요. 咳得很厲害時請這樣試看看。
4	말씀하다 說話（말하다的敬語）	아버지께서 지난 일을 말씀하셨습니다. 父親講了過去的事。
5	말하다 說	다시 한 번 말해 주세요. 請再說一遍。
6	멀미를 하다 暈（車、船）；噁心	배를 탈 때마다 멀미를 합니다. 每次坐船我都會暈船。
7	바람이 통하다 通風	이 방은 바람이 통해서 좀 시원해요. 這房間通風，稍微涼快些。
8	빨래하다 洗衣服	하루에 두 번 빨래해요. 一天洗兩次衣服。
9	사랑하다 愛	생명을 사랑합니다. 愛護生命。

10	설거지를 하다 洗碗	밥도 아내가 차리고 설거지도 아내가 해야 돼요? 飯也是由太太準備，碗也一定要太太洗嗎？
11	생각하다 思考	당신의 친절에 매우 고맙게 생각합니다. 對於您的親切我很感謝。
12	일하다 工作	부지런히 일해야 돼요. 應該要勤勞地工作。
13	자리를 양보하다 讓座	노인에게 자리를 양보하세요. 請讓座給老人家。
14	좋아하다 喜歡	몹시 좋아해요. 喜歡得不得了。

12. 動詞二：純固有語

MP3-33

1	가르치다 教	공부를 가르쳐 주세요. 請教我功課。
2	가져가다 帶去；拿走	여자는 남자의 물건을 가져가고 싶어합니다. 女子想拿走男子的物品。

3	가져오다 帶來	지난번에 빌린 책을 오늘 못 가져왔어요. 上回借的書我今天沒帶來。
4	가지고 가다 拿走	몰래 가지고 가지 말아요. 不要偷偷拿走。
5	가지다 攜帶；懷抱	희망을 가지고 있어요. 懷抱著希望。
6	갈아타다 轉乘	여기에서 버스를 갈아타세요. 請在這裡轉乘公車。
7	감기에 걸리다 感冒	우연히 감기에 걸렸어요. 不小心感冒了。
8	갖다 주다 送給；拿給	물 한 잔 좀 갖다 주세요. 拿一杯水給我。
9	갔다 오다 去去就回；出去一趟	금방 갔다 올게요. 我去去就回。
10	건너가다 越過	강을 건너가요. 渡江。
11	건너다 過	다리를 건넜어요. 過橋了。
12	건물을 짓다 蓋建築物	공장 건물을 지었어요. 蓋了廠房。

13	걷다 走路	신발이 작아서 걷기 힘듭니다 . 因為鞋子小，所以走路很困難。
14	걸리다 掛；花費（時間）	한강까지 얼마나 걸려요 ? 到漢江大約要多久呢？
15	걸어서 가다 走路去	걸어서 갈까요 ? 차를 타고 갈까요 ? 我們走路去呢？還是開車去好呢？
16	걸어오다 走過來	가까워서 걸어왔어요 . 因為很近所以就走過來了。
17	고개를 돌리다 轉過頭；掉頭	그는 고개를 돌리고 가 버렸어요 . 他掉頭就走掉了。
18	그리다 畫	눈섭을 그려요 . 畫眉毛。
19	기다리다 等待	기차를 기다려요 . 等待火車。
20	기침이 나다 咳嗽	기침이 나면 바로 소금물로 양치해 보세요 . 開始咳嗽的話就請用鹽水漱口看看。
21	길이 막히다 塞車	길이 너무 막혀서 십오 분쯤 늦을 거예요 . 路上大塞車我會晚十五分鐘左右。
22	김치를 담그다 醃泡菜	김치를 담그는 방법을 알고 싶어요 . 想知道醃泡菜的方法。

23	깎다 減價；理髮；削	과일을 깎고 있어요. 在削水果。
24	깎아 주다 打折扣	깎아 주시겠어요? 可以算便宜一點嗎？
25	깜빡 졸다 打瞌睡	깜빡 졸았어요. 打瞌睡了。
26	꽃이 피다 開花	꽃이 피는 계절입니다. 是花開的季節。
27	끓다 沸騰	물이 끓어요. 水沸騰了。
28	끓이다 燒開；煎熬	속을 끓였어요. 心裡煎熬。
29	끄다 關（燈）；熄	손이 간 김에 불을 꺼 주세요. 請隨手關燈。
30	끝나다 結束	오후 일곱 시에 끝납니다. 下午七點閉館。
31	끼다 戴	방수장갑을 끼었어요. 戴了防水手套。
32	나가다 出去	당장 나가요. 馬上出去。

33	나누다 分享	하나님의 사랑을 사람들과 나누고 싶습니다. 想和人們分享神的愛。
34	나뭇잎에 떨어지다 掉落在樹葉上	나뭇잎에 떨어지는 빗방울 소리를 들었어요? 聽見落在樹葉上的雨滴聲了嗎？
35	나오다 出來	집에서 나왔어요. 從家裡出來了。
36	나이가 들다 上了年紀	나이가 들면 배가 나오는 이유를 아세요? 您知道人上了年紀肚子會突出來的理由嗎？
37	남다 留下	통장에 돈이 얼마나 남아 있어요? 存摺裡還剩多少錢呢？
38	낮잠을 자다 睡午覺；睡懶覺	오늘 낮잠을 잤어요. 今天睡了午覺。
39	넘어지다 跌倒	땅에 넘어졌어요. 跌倒在地。
40	넣다 裝進；放入	얼음 넣지 마세요. 請不要放冰塊。
41	놀다 玩	공원에 가서 놀았어요. 去公園玩了。

42	놀라다 吃驚	많이 놀랐습니다. 很驚訝。
43	놓이다 使放下	한숨이 놓였어요. 鬆一口氣了。
44	놓치다 錯過；失去	이 귀한 기회를 놓치지 마세요. 請不要錯過這寶貴的機會。
45	눈물을 흘리다 流淚	슬퍼서 눈물을 흘려요. 傷心流淚。
46	눈이 내리다 下雪；降雪	밤새 눈이 내렸어요. 下了整夜的雪。
47	눈이 오다 下雪	눈이 왔어요. 下雪了。
48	눕다 躺	침대에 눕고 있어요. 正躺在床上。
49	느끼다 感到	그 분의 사랑을 느낄 수 있어요. 能感受到那位的愛。
50	늘다 增加；提高	체중이 늘었어요. 體重增加了。
51	늦잠을 자다 睡過頭；睡懶覺	그는 늦잠을 자는 버릇이 있어요. 他有睡懶覺的習慣。

52	내다 支付；拿出	이만 원을 더 내셔야 하는데 괜찮으시겠어요？ 需多付二萬元沒關係嗎？
53	내려가다 下去	쌀 값이 내려갔어요. 米價下跌了。
54	내리다 下（車、船）	기차를 내렸어요. 下火車了。
55	다니다 上班；上學	다녀오겠습니다. 我出門了。
56	다리를 꼬고 앉다 蹺二郎腿	그는 다리를 꼬고 앉는 것을 좋아합니다. 他喜歡蹺二郎腿。
57	다리를 다치다 腿受傷	우리팀 선수 한 명이 다리를 다쳐서 걱정했는데요. 我們隊伍有位選手腿受傷了，很擔心。
58	닫다 關門	창문 좀 닫아 주세요. 請幫忙關窗。
59	달리다 跑；趕	회사까지 달려 갔어요. 趕到公司了。
60	닮다 像～；相似	그들 형제는 닮은 데가 없어요. 他們兄弟間沒有相像之處。
61	담배를 끊다 戒煙	담배를 끊을게요. 我會戒煙。

62	담배를 피우다 吸煙	실내에서 담배를 피우지 마세요. 室內請勿吸煙。
63	도둑이 들다 遭小偷	빈집에 도둑이 들었어요. 空房子遭小偷了。
64	돈을 넣다 存錢	은행에 돈을 넣었어요. 把錢存進銀行了。
65	돈을 모으다 存錢；湊錢	부지런히 돈을 모아요. 勤勞地存錢。
66	돈을 바꾸다 換錢	어디서 돈을 바꿀 수 있을까요? 哪裡可以換錢呢？
67	돈을 보내다 滙錢	돈을 보낼 거예요. 我會去滙錢。
68	돈을 찾다 領錢	은행에 가서 돈을 찾았어요. 去銀行領錢了。
69	돈이 들다 花錢	매달에 큰 돈이 들었어요. 每個月都花一大筆錢。
70	돈 아깝다 捨不得花錢	돈 한 푼도 아까워서 쓰지 못했어요. 捨不得多花一分錢。
71	돌려주다 歸還	빌린 돈을 돌려줬어요. 還錢了。
72	돌아오다 回來	집에 돌아왔어요. 回到家了。

73	돕다 幫助	도와 주세요. 請幫助我。
74	두다 放；保管	사진을 어디에 두었어요? 把照片放在哪了呢？
75	두 손으로 드리다 雙手奉上	두 손으로 드렸어요. 雙手奉上了。
76	드리다 呈上；獻給	감사 드리겠습니다. 向您獻上感謝。
77	드시다 用（餐）	맛있게 드세요. 請美味地享用。
78	듣다 聽	뉴스를 듣고 있어요. 正在收聽新聞。
79	들다 拿；提；中意	증거를 들었어요. 提出證據了。
80	들어가다 進去；加入	침대는 한 방에 하나만 더 들어갈 수 있습니다. 一間房只能再加一張床。
81	들어오다 進來	들어오세요. 請進。
82	데리다 帶；接	여덟 시에 데리러 갈게요. 我八點去接你。

83	되다 變成；到	시집갈 나이가 됐어요. 到出嫁的年紀了。
84	따다 摘；採	블루베리를 처음 땄어요. 第一次採藍莓。
85	떠나다 離開	멀리 떠나겠습니다. 我要出遠門。
86	떠들다 吵鬧	아이들이 떠들며 놀고 있어요. 孩子們在吵鬧玩耍著。
87	떨어뜨리다 失去；使掉落	신용을 떨어뜨렸어요. 失去信用了。
88	뜨다 升；起飛；浮	비행기가 떴어요. 飛機起飛了。
89	마르다 渴	목이 마르네요! 잠시 쉴까요? 好渴哦！要不要暫時休息一下？
90	마시다 喝	사과 주스 다섯 잔 마셨어요. 喝了五杯蘋果汁。
91	마치다 結束；完成	하루의 일을 마쳤어요. 完成了一天的工作。
92	만나다 認識；見面	커피숍에서 친구를 만났어요. 在咖啡廳見到朋友了。
93	만들다 製作	옷장을 사지 않고 직접 만들어요? 不買衣櫃而是自己製作嗎？

94	만지다 摸	만지지 마세요 . 請勿觸摸。
95	말을 놓다 說話不要拘束；降低說話的位階	말을 놓으세요 . 說話不要拘束。（指不需要說敬語。）
96	맡기다 交由	경비실에 맡겨 주세요 . 請交給警衛室。
97	맡다 負責	짐을 좀 맡아 주세요 . 請代為保管行李。
98	머리를 감다 洗頭	머리를 안 감아도 돼요 . 不洗頭也可以。
99	먹다 吃	아침을 안 먹어도 돼요 . 不吃早餐也可以。
100	모시다 陪；侍奉	부모님을 모시고 식사했어요 . 陪父母吃飯了。
101	모이다 集合；籌募	여기는 인재가 모이는 곳입니다 . 這裡是人才薈萃之地。
102	몸살이 나다 著涼感冒	그녀는 몸살이 났어요 . 她著涼感冒了。
103	바뀌다 變更	주소가 바뀌어서 배달이 안 돼요 . 住址變更了，（郵件或貨物）無法投遞。
104	바라다 希望	시험에 합격하기를 바랍니다 . 希望考試合格。

105	바람이 불다 吹風	거친 바람이 불어요. 狂風大作。
106	받다 接受；得到	이메일을 받았어요. 收到電子郵件了。
107	보내다 寄；送	물건을 빨리 보내야 합니다. 東西應該要快點寄送。
108	보다 看	텔레비전을 자주 보지 마세요. 請不要常看電視。
109	보여 주다 顯示；顯露	요리 솜씨 좀 보여 줘요. 露一手廚藝讓我瞧瞧。
110	보이다 看得見；看起來	피곤해 보이는데 좀 쉬세요. 你看起來很累，請休息一下。
111	부딪히다 被撞	자동차에 부딪혔어요. 被汽車撞了。
112	부르다 呼喚	의사 선생님 좀 불러 주세요. 請幫我叫醫生。
113	부치다 寄；交付；煎	책을 소포로 부쳤어요. 用包裹寄書了。
114	불이 나다 發生火災	불이 났어요. 發生火災了。
115	붓다 腫	모기에 물린 데가 퉁퉁 부었어요. 被蚊子咬的地方腫起來了。

116	붙다 貼；附上	신발에 흙이 붙었어요. 鞋子沾到土了。
117	붙이다 緊貼；投靠	한눈 붙였어요. 瞇了一會兒。
118	비가 오다 下雨	지금 비가 와요? 現在在下雨嗎？
119	비어 있다 空閒；空缺	그 방은 아직 비어 있어요. 那房間還空著。
120	빈대떡을 부치다 綠豆煎餅	어머니께서 맛있는 빈대떡을 부치고 계세요. 媽媽正在煎好吃的綠豆煎餅。
121	빌려 주다 借給	남에게 힘을 빌려 주세요. 請助他人一臂之力。
122	배가 부르다 吃飽	배가 불러요. 吃飽。
123	배우다 學習	무슨 운동을 배우고 있어요? 在學什麼運動呢？
124	배탈이 나다 拉肚子	배탈이 났어요. 拉肚子了。
125	뵙다 拜見；參見	처음 뵙겠습니다. 初次見面。

126	뽑다 拔；選；抽	이를 뽑았어요. 拔牙了。
127	빼다 減去；抽出；拿掉	마늘 빼고 주세요. 請不要放蒜頭。（請把蒜頭拿掉。）
128	사 가다 買過去	생일선물을 제가 사 갈게요. 我會買生日禮物過去。
129	사다 買	노란색 티셔츠를 살 겁니다. 我要買黃色 T 恤。
130	사랑에 빠지다 墜入愛河	사랑에 빠진 것 같아요. 我好像墜入愛河了。
131	살다 住；生活	제가 사는 기숙사예요. 是我住的宿舍。
132	서다 站	차례대로 줄을 서고 있어요. 正在按順序排隊。
133	시키다 點（菜）；使喚	심부름을 시켰어요. 讓人幫忙跑腿了。
134	신다 穿鞋	운동화를 신었어요. 穿了運動鞋。
135	생각나다 想起來	고향 생각이 날 때는 서울타워에 올라가서 밤경치를 봅니다. 想起故鄉時，我會到首爾塔上看夜景。

136	생기다 有；發生	충치가 생겼어요. 有了蛀牙。
137	세우다 建立	그는 학교를 세웠어요. 他建立了學校。
138	쉬다 休息	좀 쉬었으면 좋겠어요. 能休息一下就好了。
139	싸다 打包	예쁘게 싸 드리겠습니다. 會幫您包裝得很漂亮。
140	싸우다 吵架；打架	다시 싸우지 마세요. 請不要再吵架。
141	쓰다 使用；戴（帽、眼鏡）	아직 쓸 수 있는 물건이 많은데 제가 가져가도 돼요？ 好多東西都還可以使用，我可以拿走嗎？
142	쓰다듬다 撫摸；撫慰	한국에서는 아이를 칭찬할 때 머리를 쓰다듬는 사람들이 많습니다. 在韓國很多人會在稱讚孩子時會摸他們的頭。
143	씻다 洗	손을 씻어요. 洗手。
144	아기를 낳다 生孩子	아내가 아기를 낳았어요. 妻子生小孩了。

145	앉다 坐	여기 앉으세요. 請坐在這裡。
146	알다 知道	잘 알겠습니다. 知道了。
147	알려 주다 告知	회사 전화번호를 알려 주세요. 請告訴我公司電話號碼。
148	알아보다 瞭解	진상을 알아보고 싶습니다. 我想瞭解真相。
149	앞머리를 다듬다 修瀏海	앞머리를 다듬었어요. 修瀏海了。
150	얼음이 얼다 結冰	감이 얼음처럼 단단히 얼었어요. 柿子凍得像冰塊一樣硬。
151	열다 打開	월요일에 문을 엽니다. 週一有開館（營業）。
152	열리다 被打開	문이 바람에 열렸어요. 門被風吹開了。
153	오르다 上；提高	해가 올랐어요. 太陽升起了。
154	올라가다 上去	오늘 너무 피곤해서 먼저 올라갈게요. 今天很累我先上（樓）去了。
155	올라오다 上來	이층으로 올라오세요. 請上來二樓。

156	올리다 敬奉；送上	부모님께 인사를 올려요. 向父母親請安。
157	울다 哭	너무 기뻐서 울었어요. 太開心所以哭了。
158	웃다 笑	늘 웃어요. 笑口常開。
159	이를 닦다 刷牙	하루에 세 번 이를 닦아요. 一天刷三次牙。
160	이름을 부르다 叫名字	이름을 불러도 될까요? 可以叫你的名字嗎？
161	이름을 붙이다 取名；命名	한글 이름을 붙였어요. 取了韓文名字。
162	이름을 짓다 取名	이름을 어떻게 지었어요? 名字是怎麼取的呢？
163	일어나다 起床	오늘 아침에 일찍 일어났어요. 今天早上早起了。
164	읽다 讀；唸	다음을 읽고 중심 생각을 고르십시오. 請閱讀以下的內容並選出中心思想。
165	잃어버리다 遺失	열쇠를 잃어버렸어요. 弄丟了鑰匙。
166	입다 穿	오늘 데이트가 있어서 예쁘게 입었어요. 今天有約會所以穿得很漂亮。

167	잊다 忘記	집에 전화하는 걸 잊었네요. 忘了打電話回家。
168	외우다 背	배우들은 많은 대사를 외워야 돼요. 演員必須背很多台詞。
169	자다 睡	잘 자요. 晚安。
170	자르다 剪	더워서 머리를 짧게 잘랐어요. 太熱了，所以剪短頭髮了。
171	잘되다 （事情）如意；順利	다 잘될 거예요. 一切都會順利的。
172	잘 보내다 過得好	잘 보냈어요. 過得好。
173	잘 지내다 過得好	잘 지내요. 過得好。
174	잠을 잘 못 자다 沒睡好	잠을 잘 못 자요. 沒睡好。
175	잠이 들다 入睡	잠이 들었어요? 睡著了嗎？
176	젓다 攪拌；揮手	홍차에 설탕을 넣고 스푼으로 저어요. 在紅茶裡加糖後用湯匙攪拌。
177	주다 給	공책 주세요. 請給我筆記本。

178	주무시다 就寢（자다的敬語）	안녕히 주무세요. 晚安。
179	죽다 死亡；熄；停止	어떤 사람이 죽었어요. 有人死亡了。
180	줄다 減少	수입이 줄었어요. 收入減少了。
181	지나가다 過去；經過	숲을 지나갔어요. 經過了樹林。
182	지나다 經過	지난 이야기입니다. 是前情提要。
183	쭉 가다 一直走	쭉 가세요. 請一直走。
184	찌다 發胖；蒸	얼굴에 살이 많이 쪘어요. 臉長胖了不少。
185	참다 忍耐	계속 참고 기다렸어요. 一直忍耐且等待了。
186	추다 跳舞	춤 추는 것을 좋아해요. 喜歡跳舞了。
187	콧물이 나다 流鼻水	콧물이 났어요. 流鼻水了。
188	큰일이 나다 大事不妙	큰일이 났어요. 大事不妙了。

189	타다 搭乘	시간이 없으니까 택시를 타세요. 沒時間了請搭計程車。
190	토하다 吐	많이 먹어서 토하고 싶어요. 吃太多想吐。
191	태어나다 出生	당신은 사랑 받기 위해 태어난 사람입니다. 你是為了接受愛而誕生的人。
192	태풍이 오다 颱風來	태풍이 왔어요. 颱風來了。
193	팔다 賣	집을 팔고 있어요. 正在賣房屋。
194	푹 쉬다 好好休息	푹 쉬세요. 請好好休息。
195	하다 做	뭐 해요? 在做什麼呢?
196	헹구다 漱口;沖洗	아침에 일어나서 헹궈요. 早上起床後漱口。
197	한 손으로 받다 用一手接住	그는 공을 한 손으로 받았어요. 他用一隻手接住球了。

13. 形容詞一：由固有語加하다所組成

MP3-34

1	궁금하다 納悶；想知道	시험 결과가 궁금해요 . 想知道考試結果。
2	꼼꼼하다 仔細	생각이 꼼꼼해요 . 心思細膩。
3	깨끗하다 乾淨	깨끗한 옷을 입으세요 . 請穿著乾淨的衣服。
4	날씬하다 窈窕；苗條	몸매가 날씬해요 . 身材窈窕。
5	눈썹이 진하다 眉毛濃	눈썹이 진해요 . 眉毛濃。
6	눈썹이 연하다 眉毛淡	눈썹이 연해요 . 眉毛淡。
7	답답하다 煩悶	가슴이 답답해요 . 內心煩悶。
8	따뜻하다 溫暖的	따뜻한 차를 마십니다 . 喝熱茶。
9	똑똑하다 聰明	착하고 똑똑한 아이예요 . 是善良又聰明的孩子。
10	뚱뚱하다 胖的	아빠곰은 뚱뚱해요 . 熊爸爸胖嘟嘟。

11	비슷하다 相似	상황이 비슷해요 . 情況相似。
12	싱싱하다 新鮮	싱싱해 보이는 생선이 많네요 . 看起來新鮮的魚很多。
13	시원하다 涼快	시원한 음료수가 있나요 ? 有清涼的飲料嗎？
14	심심하다 無聊的	심심해서 친구에게 전화했어요 . 因為很無聊，打電話給朋友了。
15	쌀쌀하다 冷淡	그녀는 태도가 쌀쌀해요 . 她態度冷淡。
16	조용하다 安靜的	부부 사이가 안 좋으면 집안 조용할 날이 없어요 . 夫婦關係不良的話家中便無寧日。
17	특별하다 特別的	가족들한테서 특별한 선물을 받았어요 . 從家人那裡收到特別的禮物。

14. 形容詞二：純固有語

MP3-35

1	가깝다 近	집에서 여기까지 가까워요 . 從家裡到這很近。
2	가볍다 輕	가벼운 나무로 만들었기 때문에 신었을 때 불편하지 않습니다 . 因為是用很輕的木頭製作，穿的時候不會感到不舒服。
3	가짜 假的	가짜돈을 사용하지 마세요 . 請不要使用偽鈔。
4	굽이 높다 鞋跟高	굽이 너무 높아요 . 鞋跟太高。
5	그립다 想念的	집이 그리워요 . 想家。
6	기쁘다 開心	기쁜 소식이 있어요 . 有開心的消息。
7	길다 長	긴 시간이 지나갔어요 . 過了漫長的時間。
8	계시다 在	할머니께서는 시골에 계세요 . 奶奶在鄉下。
9	괜찮다 不錯；沒關係	괜찮은 사람이에요 . 是個不錯的人。

10	귀엽다 可愛	이 꼬마는 참 귀여워요. 這小不點（小孩）真可愛。
11	나쁘다 壞	기분이 나빠요. 心情不好。
12	낫다 痊癒；好	병이 나았어요. 病痊癒了
13	낮다 低；矮	체온이 낮아요. 體溫低。
14	높다 高	이 자전거가 저한테 너무 높지 않겠죠？ 這腳踏車對我來說應該不會太高吧？
15	눈이 크다 眼睛大	눈이 커요. 眼睛大。
16	눈이 작다 眼睛小	눈이 작아요. 眼睛小。
17	늦다 晚；遲	생각보다 늦어져서요. 죄송합니다. 因為比預期的還晚。很抱歉。
18	다르다 不同	시대가 달라요. 時代不同了。
19	다른 不同的；其它的	다른 사이즈가 있나요？ 有其它尺寸嗎？

20	달다 甜	노란색 토마토는 보통 토마토보다 맛이 더 답니다. 黃蕃茄比起一般的蕃茄更甜。
21	덥다 熱	요즘 날씨가 더워요. 最近天氣好熱。
22	두껍다 厚	이불이 두꺼워서 무거워요. 被子厚所以很重。
23	많다 多	그곳에는 스키를 타는 사람들이 많습니다. 那裡滑雪的人很多。
24	맑다 晴朗；清新	맑은 샘물을 많이 마셨어요. 喝了許多清泉水。
25	맛없다 不好吃的	맛없는 찌개를 먹었어요. 吃了不好吃的火鍋。
26	맛있다 美味的	저는 맛있는 음식을 잘 만듭니다. 我擅長做美味的料理。
27	맞다 正確	다음을 읽고 맞지 않는 답을 고르십시오. 請閱讀以下內容並選出不正確的答案。
28	멀다 遠	집에서 회사까지 매우 멀어요. 從家裡到公司很遠。
29	모르다 不知道	시간을 모릅니다. 시계를 봅니다. 我不知道時間。要看錶。

30	무겁다 重	책상에 책이 많습니다 . 가방이 너무 무겁습니다 . 書桌上有很多書。包包非常重。
31	무섭다 可怕	무서운 꿈을 꿨어요 . 做了可怕的夢。
32	묻다 問	서울역으로 가는 길을 물었어요 . 詢問了去首爾車站的路。
33	물어보다 詢問看看	길을 물어볼게요 . 我要問路。
34	맵다 辣	맵지 않게 해 주세요 . 請做不辣的（餐點）給我。
35	바쁘다 忙	너무 바빠서 운동을 자주 못해요 . 太忙了所以無法常做運動。
36	반갑다 （認識、見面時） 高興；喜悅	만나서 반갑습니다 . 很高興認識你。
37	밝다 明亮；鮮明	밝은 색을 좋아해요 . 我喜歡明亮的顏色。
38	비싸다 貴	그 식당은 조금 비쌉니다 . 那家餐廳有點貴。
39	배고프다 肚子餓	배고파요 . 밥 주세요 . 肚子好餓。請給我飯。

40	빠르다 快	눈치가 빨라요. 眼色快。（很會察言觀色。）
41	서두르다 趕緊；趕忙	그는 서둘러 집을 나갔어요. 他急忙離開家了。
42	속이 안 좋다 胃不舒服	불고기를 많이 먹어서 속이 안 좋아요. 吃太多烤肉胃不太舒服。
43	슬프다 悲傷	슬픈 소식을 들었어요. 聽到悲傷的消息了。
44	시끄럽다 吵；麻煩	시끄러운 문제가 생겼어요. 發生了麻煩的問題。
45	시다 酸	오렌지 주스가 시어요. 柳橙汁很酸。
46	싱겁다 清淡的	국이 싱거워요. 湯很清淡。
47	새 新的	저는 다음 주에 새 집으로 이사합니다. 我下週要搬到新家。
48	새롭다 新的	새로운 생활이 시작됩니다. 開始嶄新的生活。
49	쉽다 簡單	한국어가 쉬워요. 韓文很簡單。
50	싸다 便宜	이 식당은 음식도 맛있고 가격도 싸요. 這家餐廳食物既好吃、價格也便宜。

51	쓰다 苦；慘痛	쓴 경험이 있었어요. 有過慘痛的教訓。
52	아니다 不	사과가 아니에요. 不是蘋果。
53	아름답다 美麗	별이 아름답게 비치네요. 星星美麗地綻放光芒。
54	아쉽다 可惜	참 아쉽네요. 真可惜啊。
55	아프다 痛；不舒服	어제부터 머리가 아프고 열도 많이 나요. 從昨天開始頭痛，還發燒了。
56	얇다 薄	눈꺼풀이 얇아요. 眼皮薄。
57	어깨가 넓다 肩膀寬	어깨가 넓어요. 肩膀寬。
58	어깨가 좁다 肩膀窄	어깨가 좁아요. 肩膀窄。
59	어둡다 黑暗	어두운 색을 별로 안 좋아해요. 不太喜歡暗色。
60	어렵다 困難	발이 커서 신발 사기가 어렵습니다. 因為腳很大，不容易買鞋子。

61	어떻다 怎麼樣	어떻게 지냈어요? 過得如何呢?
62	어리다 幼小	제가 어렸을 때 우리 집 근처에 있는 시장에 자주 갔습니다. 我小時候常去家裡附近的市場。
63	어지럽다 暈	하루 종일 아무 것도 안 먹어서 어지러워요. 一整天什麼也沒吃所以覺得暈。
64	얼굴에 뭐가 나다 臉上長了什麼	얼굴에 뭐가 났어요. 臉上長了什麼。
65	오래되다 很久以前;陳舊	오래된 술을 좋아하세요? 喜歡陳年的酒嗎?
66	이마가 넓다 額頭寬	이마가 넓어요. 前額寬。
67	이마가 좁다 額頭窄	이마가 좁아요. 前額窄。
68	입맛이 없다 沒胃口	너무 더워서 하루 종일 입맛이 없어요. 太熱了,所以整天都沒胃口。
69	입술이 두껍다 嘴唇厚	입술이 두꺼워요. 嘴唇厚。
70	입술이 얇다 嘴唇薄	입술이 얇아요. 嘴唇薄。

71	입에 맞다 順口；合口味	음식이 입에 맞아요. 食物合口味。
72	입이 작다 嘴小	입이 작아요. 嘴小。
73	입이 크다 嘴大	입이 커요. 嘴大。
74	있다 有	모임에 한국 사람들이 있습니다. 聚會中有韓國人。
75	예쁘다 漂亮	우리 언니가 너무 예뻐요. 我姐姐很漂亮。
76	외롭다 孤獨	당신이 있으면 외롭지 않아요. 有你的話，我就不孤單。
77	작다 小	사과가 작아요. 蘋果很小。
78	잘 맞다 合得來；中意	우리 성격이 잘 맞아요. 我們個性很合得來。
79	잘 안 어울리다 不太適合	그 모자와 이 옷이 잘 안 어울려요. 那帽子和這衣服不太適合。
80	잘 어울리다 很適合	이 신발이 잘 어울려요. 這鞋很適合你。
81	졸다 打盹	잠깐 졸았어요. 暫時打了個盹。

82	즐겁다 愉快	우리도 즐겁게 스키를 탔습니다. 我們也開心地滑了雪。
83	좀 작다 小了點	이 바지가 좀 작아요. 這褲子小了點。
84	좀 크다 大了點	이 코트가 좀 커요. 這外套大了點。
85	집주인이 좋다 房東人很好	집주인이 좋아요. 房東人很好。
86	재미없다 無趣	이 게임은 너무 쉬워서 재미없어요. 這遊戲太簡單了，很無趣。
87	재미있다 有趣	재미있는 일을 찾고 있어요. 正在尋找有趣的工作。
88	좋다 好	어디가 안 좋으세요? 哪裡不舒服呢？
89	짜다 鹹	이 라면이 매우 짜요. 這泡麵很鹹。
90	짜증이 나다 不耐煩	짜증이 나요. 不耐煩。
91	짧다 短	이 치마가 너무 짧아요. 這裙子太短了。

92	춥다 冷	오늘은 춥지 않아요. 今天不冷。
93	코가 낮다 鼻子塌	아빠 코가 낮아요. 父親鼻子塌。
94	코가 높다 鼻子挺	엄마 코가 높아요. 母親鼻子挺。（指外貌，同時也暗指其眼光高。）
95	크다 大	더 큰 수박을 사고 싶은데요. 想買更大顆的西瓜。
96	키가 작다 個子矮	언니는 키가 작아요. 姐姐個子矮。
97	키가 크다 個子高	여동생은 키가 커요. 妹妹個子高。
98	틀리다 不同；錯誤	답이 틀렸어요. 答案錯了。
99	필요 없다 不需要；不必	저는 필요 없는 물건을 정리했습니다. 我整理了不需要的東西。
100	흐리다 陰暗；渾濁	하늘이 흐려요. 天色陰暗。
101	힘들다 辛苦；困難	발이 아주 작아서 신발을 사는 것이 힘듭니다. 因為腳很小，買鞋很困難。

Part I

單字篇

15. 副詞

MP3-36

1	가끔 偶爾	저는 가끔 스키장에 갑니다 . 我偶爾去滑雪場。
2	가장 最	가장 좋아하는 사람이 누구예요 ? 最喜歡的人是誰？
3	갑자기 突然	갑자기 큰 비가 내려요 . 突然下大雨。
4	같이 一起	친구들과 같이 봐서 더 신났습니다 . 和朋友一起看更開心。
5	거의 幾乎	거의 끝냈습니다 . 幾乎做完了。
6	곧 馬上	곧 올게요 . 我馬上過來。
7	그냥 就那樣；仍然；還是	그냥 친구로 지내요 . 我們還是只當朋友就好。
8	그러나 但是	형은 키가 커요 . 그러나 아우는 키가 작아요 . 哥哥個子高。但弟弟很矮。
9	그러면 那樣的話	그러면 어떻게 할까요 ? 那樣的話要怎麼做呢？

10	그런데 可是	그런데 침대 두 개를 빌릴 수 있어요？ 可是能借到兩張床嗎？
11	그럼 那麼	그래요？그럼 언제쯤 받을 수 있어요？ 是嗎？那麼我大概什麼時候能收到呢？
12	그렇지만 但是	우리 가족은 부자가 아니에요. 그렇지만 행복해요. 我們家不是有錢人。但是很幸福。
13	그리고 還有	비가 많이 와요. 그리고 좀 추워요. 雨下得很大。而且有點冷。
14	그래도 即使；還是	그래도 좋은 사람이 많아요. 還是好人居多。
15	그래서 因此	오늘은 제 생일입니다. 그래서 친구와 밥을 먹고 파티를 했습니다. 今天是我的生日。因此和朋友一起吃飯還舉辦了派對。
16	꼭 一定	약속을 꼭 지키겠습니다. 我一定會遵守約定。
17	너무 很	한약이 너무 써요. 中藥很苦。
18	내내 始終；一直；永遠	할아버지께서 내내 건강하시길 바랍니다. 願爺爺永遠健康。

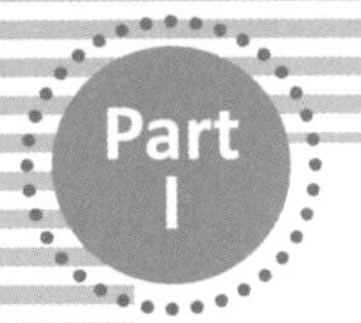

19	다 全都	다 먹었어요 ? 全都吃完了嗎 ?
20	다시 再	다시 (한번) 말해 주세요 . 請再說一遍。
21	덜 少；不夠	빨래가 덜 말랐어요 . 洗過的衣服還不夠乾。
22	또 再；又	또 만나요 . 再見。
23	마침 恰好	마침 장마철입니다 . 正值梅雨季。
24	많이 多多地	많이 드세요 . 請多吃一點。
25	말없이 默默地；一聲不響	그는 멀없이 사라졌어요 . 他一聲不響地消失了。
26	먼저 首先	먼저 필요 없는 물건들을 상자 안에 넣었습니다 . 首先將不用的東西放入箱子。
27	모두 全部；所有	모두 몇 명이에요 ? 全部有幾名呢 ?
28	미리 事先	미리 예약하세요 . 請事先預約。

29	매우 很；十分	건강이 매우 좋습니다 . 健康十分良好。
30	바로 正是	저 분은 바로 우리 선생님이세요 . 那位正是我的老師。
31	벌써 已經；就	오랜만에 여행을 왔는데 벌써 가요 ? 好久沒來旅行，這麼快就要走了？
32	별로 ~ （不）太~	별로 안 매워요 . 不太辣。
33	~ 보다 比起~	어제보다 오늘 더 추워요 . 今天比昨天更冷。
34	빨리 快	부산에 빨리 가고 싶어합니다 . （他）想盡快去釜山。
35	아마 或許	내일 아마 눈이 올 거예요 . 明天或許會下雪。
36	아주 非常	아주 맛있네요 . 非常好吃。
37	아직 還；尚	두 시간 전에 도착했는데 제 가방이 아직 안 나왔어요 . 兩小時前就抵達了，但我的包包還沒出來。
38	아까 剛才	아까 왜 전화를 안 받았어요 ? 剛才為什麼沒接電話呢？

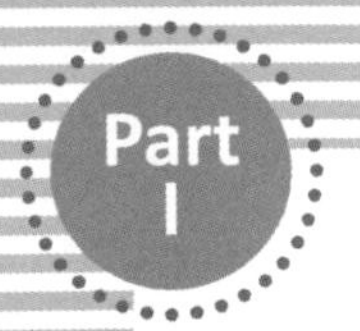

單字篇

39	안 不	돈을 안 써요 . 不花錢。
40	어디에서나 任何地方	이런 나무는 어디에서나 다 살 수 있어요 . 這種樹木在任何地方都可以存活。
41	어떻게 如何	어떻게 팔아요 ? 怎麼賣 ?
42	얼마나 多少	얼마나 걸려요 ? 需要多久呢 ?
43	오래 長久	오래된 일이었어요 . 是很久以前的事了。
44	이따 待會兒	이따 연락 드릴게요 . 待會兒會跟您聯絡。
45	이렇게 這樣地	이렇게 하면 돼요 . 這樣做就行了。
46	일찍 提早	매일 일찍 나가는 것 같아요 . 每天好像都提早出門。
47	왜 為什麼	주문한 침대가 왜 이렇게 안 와요 ? 為何我預訂的床一直沒送來呢 ?
48	자꾸 一再地；一直	왜 자꾸 저한테 전화해요 ? 為什麼一直打電話給我 ?

49	자주 常	우리 집에 자주 놀러 오세요. 請經常來我家玩。
50	잘 好好地	잘 가요. 再見。（慢走。）
51	정말 真的	정말 미안해요. 真的很抱歉。
52	조금 一些	조금 큰 신발을 좋아합니다. 我喜歡大一點的鞋子。
53	좀 稍微	좀 쉬세요. 請休息一下。
54	쭉 一直	쭉 가세요. 請一直走。
55	천천히 慢慢地	천천히 말씀해 주세요. 請您慢慢說。
56	큰 소리로 大聲地	그 아이는 큰 소리로 울어요. 那孩子大聲地哭。
57	혼자 獨自	저는 스키장에 혼자 갔습니다. 我自己去了滑雪場。
58	훨씬 更加	이 책은 훨씬 재미있어요. 這本書更有趣。

16. 疑問詞

MP3-37

1	누구 誰	그 분은 누구세요？ 那一位是誰呢？
2	몇 幾	지금 몇 시예요？ 現在是幾點呢？
3	무슨 什麼	무슨 영화를 좋아해요？ 喜歡什麼電影呢？
4	어떤 什麼樣的	어떤 선물을 받고 싶습니까？ 想收到什麼樣的禮物呢？
5	어디 哪裡	회의실이 어디에 있습니까？ 會議室在哪裡？
6	언제 何時	생일이 언제입니까？ 生日是什麼時候呢？
7	얼마 多少	모두 다 얼마예요？ 全部總共多少錢呢？

문법편
文法篇

想要游刃有餘地考過 TOPIK I，只須具備 120 個左右的基礎文法，就能順利合格！本篇分成「初級常用文法」及「文法比一比」二個章節，帶領您一步步熟悉必考文法項目。

本章依照韓文子音順序「ㄱ、ㄴ、ㄷ……」一一羅列。而每一個文法均有中譯、使用情境說明、相關例句及例句中譯，更列有小叮嚀，提醒易錯及易混淆的特別文法。

ㄱ

1. A / V + －거나

中譯：……或……

說明：連接兩個以上的形容詞或動詞時使用。

例句：시간이 있으면 음악을 듣거나 영화를 봐요 .

有空的話，我會聽音樂或看電影。

주말에는 빨래하거나 도서관에 가거나 운동을 해요 .

週末時我會洗衣服、去圖書館或運動。

저는 아프거나 힘들면 가족 생각이 납니다 .

我生病或疲憊時會想念家人。

2. V + －고

中譯：……之後……

說明：表示兩事物按時間先後順序進行，但前後動作不一定要有關聯。

例句：샤워하고 저녁을 먹었어요 .

洗完澡後吃了晚餐。

어제 숙제를 하고 텔레비전을 봤어요 .

昨天寫完作業後看了電視。

3. A / V + －고

中譯：……且……

說明：表示兩事實並列或羅列，前後主詞可以不同。

例句：바나나가 싸고 맛있어요 .

香蕉便宜又好吃。

날씨가 춥고 비가 옵니다.

天氣很冷，還下雨。

수지 씨는 일본어를 가르치고 한국어를 공부해요.

秀智教日文並學習韓文。

민호 씨는 농구를 좋아하고 민수 씨는 태권도를 좋아해요.

敏浩喜歡籃球，而民秀喜歡跆拳道。

4. V + －고 나서

中譯：……之後

說明：表示某行為結束後，發生另一行為或狀況。

例句：교수님과 의논하고 나서 결정했어요.

與教授討論過後，做了決定。

공연이 끝나고 나서 사람들이 밖으로 나갔어요.

公演結束後，人們往外面走去。

5. V + －고 싶다

中譯：想……

說明：表達自身的希望或詢問對方的心願時使用。

例句：머리띠를 하나 사고 싶어요.

我想買一個髮箍。

저는 한국어를 잘하고 싶어요.

我想要說一口流利的韓文。

어떤 잡지를 읽고 싶으세요?

您想讀什麼樣的雜誌呢？

6. V + －고 싶어 하다

中譯：想……

說明：表達第三者的希望時使用。

比較：V + -고 싶다

例句：여동생은 운동화를 사고 싶어 해요.

妹妹想買運動鞋。

> **小叮嚀**
>
> 「싶다」（想）為形容詞，而「싶어 하다」（想）為動詞，使用時請多加注意。
>
> 例：제가 먹고 싶은 음식은 비빔밥이에요.
> 我想吃的食物是拌飯。
>
> 그리고 남동생이 먹고 싶어 하는 음식은 불고기예요.
> 還有，弟弟想吃的食物是韓式烤肉。

7. V + －고 있다 / 계시다

中譯：正在……（「계시다」為「있다」的敬語）

說明：表示某個動作正在進行。在一定期間持續或重覆進行某個動作時也可使用。當句子主詞比說話者年紀大或社會地位較高時，則使用「－고 계시다」。

例句：소영 씨는 책을 읽고 있어요.

小英正在念書。

저는 한국어를 배우고 있어요.

我正在學韓文。

할아버지는 전화를 하고 계세요.

爺爺正在講電話。

8. A + －군요；V + －는군요

中譯：……耶！；……啊！

說明：表示感嘆驚訝之意。

比較：A / V + - 네요

例句：이 가방이 너무 비싸군요.

這皮包真貴耶。

스티븐 씨는 밥을 많이 먹는군요.

史提芬吃很多飯耶。

9. V + －기（가）+ A

中譯：（某事物或行為）是……的

說明：當說話者對某事物或行為進行評價或判斷時使用。

例句：이 가방은 너무 무거워서 쓰기가 불편해요.

這包包太重，用起來不方便。

공기가 맑아서 산책하기가 좋습니다.

因為空氣清新，所以適合散步。

小叮嚀

「-기(가)」後面接的詞彙僅限於「쉽다」（容易）、「어렵다」（困難）、「좋다」（好）、「나쁘다」（壞）、「편하다」（方便）、「불편하다」（不便）等表示評價或判斷的形容詞。

10. A / V + －기는 하지만

中譯：雖然……但是……

說明：表示雖認同前面描述的事實，但接續出現與前述事實對立、相反的內容。

例句：이 일은 힘들기는 하지만 보람이 있어요 .

這工作辛苦是辛苦，但很有意義。

이 영화를 좋아하기는 하지만 사랑하지는 않아요 .

這部電影我喜歡是喜歡，但是不愛。

김치를 먹기는 하지만 자주 먹지는 않아요 .

我是有吃泡菜，但是不常吃。

11. A / V + －기 때문에 ; N(이) +기 때문에

中譯：因為……

說明：屬於書面語，主要用於正式談話或文章中。

例句：값이 너무 비싸기 때문에 그냥 구경만 했습니다 .

因為價格太貴，所以只是純欣賞而已。

이번 주말에 고향에 돌아가야 하기 때문에 일찍 기차표를 샀습니다 .

因為這週末要返鄉，所以提早買了火車票。

12. V + －기로 하다

中譯：決定……

說明：表示與他人的約定或進行某事的決心。

例句：올해부터는 술을 마시지 않기로 했어요 .

我決定從今年起不喝酒了。

다음 주말에 친구랑 전주에 가기로 했어요 .

我和朋友約好下週末去全州。

小叮嚀

「- 기로 하다」中的「하다」，可依句意替換為「약속하다」（約定）、「결심하다」（決心）等動詞。

例句：이제 담배를 피우지 않기로 결심했어요 .
我決定現在起不再抽菸了。

모레 다시 만나기로 약속했어요 .
我們約好後天要再見面。

13. V + - 기 전에

中譯：在……之前

說明：表示在某事、某行為前進行某事。

例句：수영하기 전에 준비 운동을 해야 돼요 .

游泳前要先做暖身運動。

출발하기 전에 전화해 주세요 .

出發前請打電話給我。

小叮嚀

可以在名詞後直接加上「전에」（……前）。

例句：식사 전에 손을 씻으세요 .
用餐前請洗手。

십오분 전에 왔어요 .
十五分鐘前來的。

14. N + 개 / 명 / 병 / 잔 / 그릇 / 권 / 장

中譯：個／位／瓶／杯／碗／本／張（量詞單位）

小叮嚀

量詞的用法：名詞＋純韓語數字＋對應的量詞單位。

例如，「一杯牛奶」可以「우유 한 잔」表示。

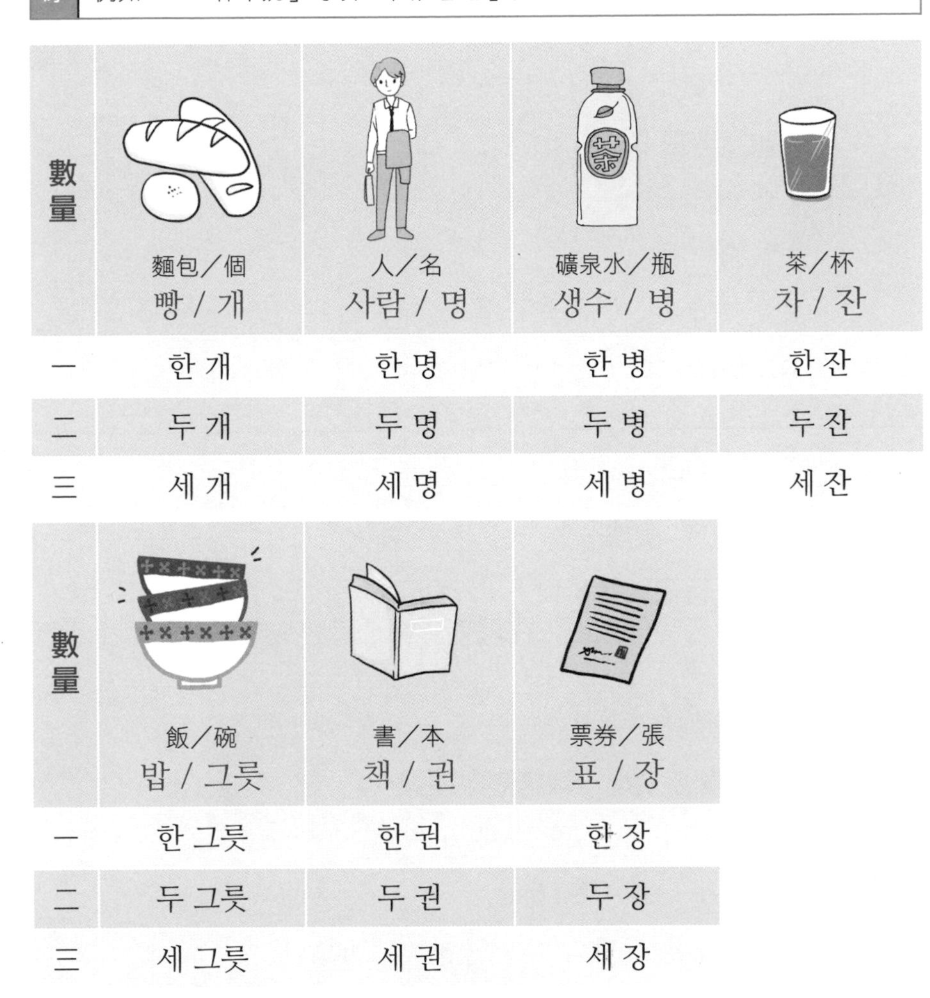

數量	麵包／個 빵 / 개	人／名 사람 / 명	礦泉水／瓶 생수 / 병	茶／杯 차 / 잔
一	한 개	한 명	한 병	한 잔
二	두 개	두 명	두 병	두 잔
三	세 개	세 명	세 병	세 잔

數量	飯／碗 밥 / 그릇	書／本 책 / 권	票券／張 표 / 장
一	한 그릇	한 권	한 장
二	두 그릇	두 권	두 장
三	세 그릇	세 권	세 장

15. A ＋ － 게

中譯：……地

説明：使形容詞變為副詞形式，用來表現後面動作的程度或進行方式等。

例句：선생님, 글씨 좀 크게 써 주세요.

老師，麻煩您將字寫得大一些。

머리를 짧게 잘랐어요.

把頭髮剪短了。

맛있게 드세요.

用餐愉快。

방학 재미있게 보내세요.

假期愉快。

16. V ＋ － 게 되다

中譯：變得……；變成……

説明：(1) 表示轉變為新情況。
(2) 表示因受他人或外在環境影響，而發生非意志能掌控的情況。

例句：한국 친구를 사귀고 한국말을 잘하게 됐어요.

交了韓國朋友後，韓語變得很好。

한국에 와서 자주 운동하게 되었어요.

來韓國後，變得常運動。

그는 이제야 그 말의 뜻을 알게 되었어요.

他現在才了解那句話的意思。

17. A / V + －겠

中譯：(1) 應該……；(2) 要……

說明：(1) 就當時情況或狀態進行猜測或推斷。過去式可以「-았겠 / 었겠-」表示。

(2) 與第一人稱主語結合使用時，可表示說話者的意願。

例句：좀 조용히 하세요 . 다른 사람이 듣겠어요 .

請安靜一點，別人都要聽見了。

새벽에 출발했으니까 지금이면 부산에 도착했겠어요 .

因清晨就出發，現在應該已經到釜山了。

올해는 담배를 꼭 끊겠어요 .

今年我一定要戒煙。

ㄴ

1. V + －는+ N

中譯：……的……

說明：為動詞冠形詞的現在式時態。與動詞結合使用時，可修飾名詞。

例句：좋아하는 음식이 뭐예요？

你喜歡的食物是什麼？

지금은 쉬는 시간입니다 .

現在是休息時間。

저 분은 제가 잘 아는 친구예요 .

那位是跟我很熟的朋友。

마시는 물，指「飲用水」。

小叮嚀 1

一般而言，與動詞結合時有修飾句子的效果，此外也可以與「재미있다」、「재미없다」等有「있다」、「없다」結尾的形容詞連結使用。

例句：재미있는 영화를 좋아해요 .
　　　我喜歡有趣的電影。

小叮嚀 2

此種冠形詞的主語助詞不使用「은 / 는」，而是使用「이 / 가」。

例句：제가 다니는 회사는 강남에 있어요 .
　　　我上班的公司在江南。

小叮嚀3

動詞後方若接「-(으)ㄴ+N」為動詞冠形詞的過去式時態。而「-(으)ㄹ」為動詞冠形詞的未來式時態。

例句：어제 먹은 거 어디서 샀어요?
昨天吃的東西是在哪裡買的?

이건 어디서 찍은 사진이에요?
這是在哪裡拍的照片?

내일 부를 노래를 연습하고 있어요.
我正在練習明天要唱的歌。

점심에 먹을 도시락을 샀어요.
我買了中午要吃的便當。

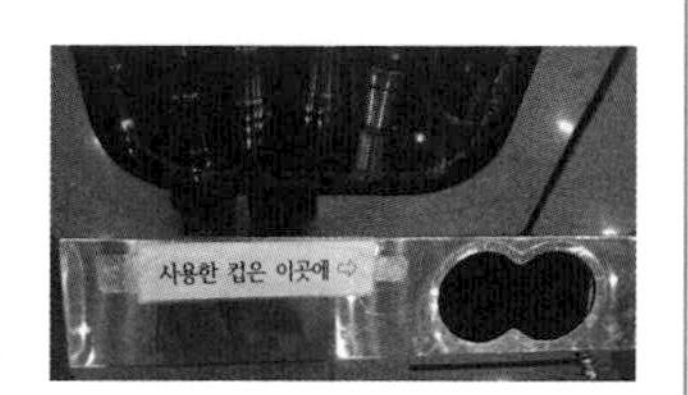

사용한 컵，指「使用過的杯子」。

2. V + -는 것

中譯：同該動詞原先具有的意思。

說明：欲表現事實或說明某種事物時，在句中像名詞一樣使用，可當主語或目的語，亦可用於「이다」之前。

中文	韓文原形	V + -는 것
看韓劇	한국 드라마 보다	한국 드라마 보는 것
拍照	사진 찍다	사진 찍는 것
彈鋼琴	피아노 치다	피아노 치는 것

例句：사진 찍는 것을 좋아합니다.
我喜歡拍照。

피아노 치는 것을 좋아합니다.
我喜歡彈鋼琴。

A：취미가 무엇입니까？

你的興趣是什麼呢？

B：취미는 한국 드라마 보는 것입니다.

興趣是看韓劇。

3. V + -는 것 같다；A + -(으)ㄴ 것 같다；N +인 것 같다

中譯：……似乎……；……好像……

說明：有推測意思的表現。可與動詞、形容詞或名詞連接使用。

例句：지금 밖에 눈이 오는 것 같아요.

現在外面好像在下雪。

小叮嚀1

以「있다、없다」結尾的形容詞，要與「-는 것 같다」結合使用。

例句：저 식당이 싸고 맛있는 것 같아요.
那家餐廳好像很便宜又好吃。

小叮嚀2

與否定表現結合使用時，請參見下表。

	無尾音時	有尾音時
動詞	가다 → 가지 않는 것 같다 去　好像不去的樣子	먹다 → 먹지 않는 것 같다 吃　好像不吃的樣子
形容詞	크다 → 크지 않은 것 같다 大　好像不大的樣子	작다 → 작지 않은 것 같다 小　好像不小的樣子
名詞	기자 → 기자가 아닌 것 같다 記者　好像不是記者的樣子	학생 → 학생이 아닌 것 같다 學生　好像不是學生的樣子

小叮嚀3

V/A + -(으)ㄹ 것 같다

中譯：……似乎……；……好像……

說明：用於表示說話者的推測時。

例句：저 가수는 인기가 많을 것 같아요.
那位歌手好像會大受歡迎。

이 내용은 너무 길어서 오늘 다 못 읽을 것 같아요.
這內容太長了，好像無法在今天全都看完。

小叮嚀4

若欲針對過去或已結束的事情進行推測時，應使用「- 았을 / 었을 / 했을 것 같다」。

例句：어제 이사했지요? 힘들었을 것 같아요.
你昨天搬家了吧？應該很累吧。

벌써 집에 도착했을 것 같아요.
好像已經到家了。

4. V + -는 게 어때요?

中譯：……如何呢？

說明：用於建議、勸誘進行某事時。

例句：언제 연극 한번 보러 가는 게 어때요?

找個時間去看話劇如何呢？

내일은 바쁘니까 오늘 만나는 게 어때요?

明天會很忙，今天見面如何呢？

5. V + －는 중이다；N +중이다

中譯：正在……中

説明：表示某事正在進行。

例句：저녁 식사를 준비하는 중이에요.

我正在準備晚餐。

지금 회의 중입니다.

我正在開會（會議中）。

6. V + －는지 알다 / 모르다；N +인지 알다 / 모르다

中譯：知道……；不知道……

説明：欲詢問或回答對方是否知道某事物或處理方法時可使用。

例句：전시회가 몇 시에 시작하는지 아세요?

您知道展覽會幾點開始嗎？

원빈 씨가 몇 살인지 몰라요.

我不知道元斌幾歲。

小叮嚀

若使用於沒有尾音的疑問代名詞後，常以縮寫來表示，請參見下表。

어디인지 → 어딘지	미용실이 어딘지 아세요? 您知道美容院在哪裡嗎？
누구인지 → 누군지	그 사람은 누군지 저도 모르겠어요. 我也不知道那人是誰。
얼마인지 → 얼만지	얼만지 잘 모르겠는데요. 我也不曉得是多少。
언제인지 → 언젠지	선생님의 생신 언젠지 좀 알려 주세요. 請告訴我老師的生日是什麼時候。

7. A / V + －네요；A / V + －았네요 / 었네요

中譯：……呢；……啊

說明：表示感嘆驚訝之意，口氣較委婉溫和。

例句：오늘 정말 덥네요.

今天真熱呢！

한국어를 아주 잘하시네요.

您韓文說得真好呢！

키가 아주 크네요.

身高好高哦！

어젯밤 비가 많이 왔네요.

昨夜下了大雨啊！

ㄷ

1. 「ㄷ」불규칙

規則：「ㄷ」不規則變化。

說明：其變化範圍的形容詞或動詞，有其要遵守的特殊變化規則。原形語尾「다」前面的收尾音以「ㄷ」結尾的這類動詞，當遇到與後方字首為「아 / 어」或「으」的語尾結合之情況時，「ㄷ」會變成「ㄹ」。如「듣다」、「걷다」及「묻다」等，變化請參見下表。

「ㄷ」不規則	- 아요 / 어요	-(으) 세요	-(으) ㄹ까요
듣다（聽）	들어요	들으세요	들을까요
걷다（走）	걸어요	걸으세요	걸을까요
묻다（問）	물어요	물으세요	물을까요

「ㄷ」不規則	- 고	- 습니다 / ㅂ니다
듣다（聽）	듣고	듣습니다
걷다（走）	걷고	걷습니다
묻다（問）	묻고	묻습니다

例句：A：버스를 탈까요？

我們要不要搭公車呢？

B：아니요，걸어서 가요．

不，走路去吧！

저는 한국 음악을 들어요．

我在聽韓國音樂。

小叮嚀

亦有不屬於「ㄷ不規則變化」的情形，如「받다」（接受、得到）、「닫다」（關）。

例句：제 선물을 받아 주세요 .
請收下我的禮物。

창문을 좀 닫아 주세요 .
請關上窗戶。

2. A + －다；V + －ㄴ다 / 는다；N + (이)다

中譯：意義同形容詞或動詞原形本身，若置於名詞後則可譯作「是……」。

說明：用來敘述現在的事實或行為，經常出現在報章雜誌或日記中標題或句子的結尾。

例句：요즘 날씨가 너무 시원하다 .

近來天氣很涼爽。

야구 경기는 아홉 시에 시작한다 .

棒球賽九點開始。

여름에는 삼계탕을 많이 먹는다 .

夏天時常吃人蔘雞。

여기 우리 선생님 졸업한 학교다 .

這裡是我們老師畢業的學校。

정상이 정상이다 .

正常就是頂上。（頂上有「最好、最棒」之意，意即「能正常地過生活就是最棒的生活」。）

마침 장마철이다 .

正值梅雨季。

3. V ＋ － 다가

中譯：……到一半

說明：敍述某動作或情況進行到一半，轉而進行其它動作或轉變為其它情況。

例句：쭉 가다가 왼쪽으로 가세요 .

請一直走之後，再往左走。

한참 걷다가 다리가 아파서 좀 쉬었어요 .

走了好一陣子，因腳痛，所以稍微休息了一下。

아까는 눈이 오다가 지금은 비가 온다 .

剛下雪到一半，現在變成在下雨。

小叮嚀 1	前後主詞必須一致。

小叮嚀 2	「- 다가」可縮寫成「- 다」。 例句：텔레비전을 보다가 (→보다) 잤어요 . 電視看到一半就睡著了。

4. N ＋도

中譯：也

說明：表示先提出某事物後，再要求或描述其他事物。

例句：장미 씨는 학생이에요 . 저도 학생이에요 .

玫瑰是學生，我也是學生。

메뉴판 주세요 . 물도 좀 주세요 .

請給我菜單，也請給我水。

小叮嚀

不當主詞或受詞後方助詞時，也與其他助詞一起使用。

例句：어제 수영장에 갔어요 . 슈퍼마켓에도 갔어요 .
昨天去了游泳池。也去了超市。

학원에서 공부해요 . 도서관에서도 공부해요 .
我在補習班讀書。也在圖書館讀書。

5. N ＋동안

中譯：……期間

說明：表示某種行為或狀態持續的時間。

例句：얼마 동안 한국어를 배우셨어요 ?

（您）韓語學了多久？

일주일 동안 파리 여행을 했어요 .

我去巴黎旅行了一個星期。

小叮嚀

「동안」前面若要加上「一天」、「兩天」等語彙，使用韓文固有詞「하루」、「이틀」等比使用漢字詞彙「일일」（一天）、「이일」（二天）等來得自然。其對照可參見下表。

일일（一天）	이일（二天）	삼일（三天）	사일（四天）	오일（五天）
하루	이틀	사흘	나흘	닷새
육일（六天）	칠일（七天）	팔일（八天）	구일（九天）	십일（十天）
엿새	이레	여드레	아흐레	열흘

6. N + 대신

中譯：代替；取代

説明：用於以某事物來代替某事物時。

例句：친구가 한국어를 잘 못해서 친구 대신 제가 예약했어요 .

因為朋友不太會韓文，所以我代替朋友預約了。

언니가 아파서 언니 대신 제가 운전했어요 .

因為姐姐不舒服，所以我替她開車。

7. N + 때문에

中譯：因為……

説明：可直接接在名詞後面，用來説明「原因」。

比較：아 / 어서

例句：시험 준비 때문에 어제 잠을 못 잤어요 .

因為準備考試，昨天沒睡好。

눈 때문에 길이 많이 막혔어요 .

因為下雪，道路非常壅塞。

ㄹ

1.「ㄹ」탈락

規則：「ㄹ」脱落

說明：其脱落範圍的形容詞或動詞，要遵守的特殊變化規則。當形容詞或動詞原形語尾「다」前面收尾音是以「ㄹ」為結尾，在連接後方其它語尾時，當與後方子音字首是「ㄴ、ㅂ、ㅅ」或「으」的語尾結合時，「ㄹ」尾音會脱落。如「만들다」、「살다」、「팔다」及「열다」等，變化請參見下表。

「ㄹ」脱落	- 아요 / 어요	- 고	- 습니다 / ㅂ니다
만들다（做）	만들어요	만들고	만듭니다
살다（住）	살아요	살고	삽니다
팔다（賣）	팔아요	팔고	팝니다
열다（打開）	열어요	열고	엽니다

「ㄹ」脱落	-(으) 세요	-(으) 려고 하다
만들다（做）	만드세요	만들려고 해요
살다（住）	사세요	살려고 해요
팔다（賣）	파세요	팔려고 해요
열다（打開）	여세요	열려고 해요

例句：어떤 요리를 만드세요 ?

您在做什麼料理呢？

선생님은 압구정에 사세요 .

老師住在狎鷗亭。

2.「르」불규칙

規則：「르」不規則變化

說明：其變化範圍的形容詞或動詞有其要遵守的特殊變化規則。當動詞或形容詞原形最後以「르다」結尾，與後方字首為「-아/어」的語尾結合時，其中「르」的「ㅡ」會脫落，同時語尾字首「-아/어」前方要再加上一個「ㄹ」尾音，形成「-ㄹ라/ㄹ러」的樣式。如「빠르다」、「다르다」、「모르다」、「부르다」及「서두르다」等，變化請參見下表。

「르」不規則	-아요/어요	-습니다/ㅂ니다	-(으)니까
다르다（不同）	달라요	다릅니다	다르니까
모르다（不知道）	몰라요	모릅니다	모르니까
부르다（叫；飽；唱）	불러요	부릅니다	부르니까
서두르다（趕緊）	서둘러요	서두릅니다	서두르니까

「르」不規則	-아서/어서	-(으)ㄴ데/는데
다르다（不同）	달라서	다른데
모르다（不知道）	몰라서	모르는데
부르다（叫；飽）	불러서	부르는데
서두르다（趕緊）	서둘러서	서두르는데

例句：우리 언니와 저는 성격이 너무 달라요.

姐姐跟我的個性非常不同。

시간이 별로 없어서 서둘러서 갔어요.

沒有什麼時間，所以趕過去了。

현기 씨가 노래를 잘 불러요.

賢奇歌唱得很好。

이 소식을 저도 몰라요.

這消息我也不知道。

ㅁ

1. N +마다

中譯：每……

說明：表示「全部、不遺漏」之意。

例句：사람마다 성격이 달라요 .

每個人個性都不同。

이 약은 여섯 시간마다 먹으면 돼요 .

這藥每六小時吃一次即可。

일요일마다 주일예배 드립니다 .

每個星期日做主日禮拜。

> 小叮嚀
> 「날마다」可以替換成「매일」，「주마다」可以替換成「매주」，還有「해마다」可以用「매년」替換。但「매」與「마다」不會同時使用。

2. N +만

中譯：僅只……；僅有……

說明：等同於「오직」（只）或「단지」（僅）之意。與名詞結合使用。

例句：기침만 해요 .

只有咳嗽。

남동생만 한 명 있어요 .

我只有一個弟弟。

오직 그 방법만 있어요 .

只有那個方法了。

단지 시간의 문제예요 .

只是時間的問題了。

3. 못 + V

中譯：無法……；不能……；不會……

說明：表示無法或沒能力進行某動作。

例句：저는 매운 음식을 못 먹어요 .

我無法吃辣的食物。

남동생은 스케이트를 못 타요 .

弟弟不會溜冰。

어제 잠을 못 잤어요 .

昨天沒睡好。

ㅂ

1.「ㅂ」 불규칙

規則：「ㅂ」不規則變化

說明：其變化範圍的形容詞或動詞，有其要遵守的特殊變化規則。原形語尾「다」前面的收尾音以「ㅂ」結尾的這類形容詞或動詞，當遇到與後方字首為「-아 / 어 / 으」的語尾結合之情況時，「ㅂ」會脫落，且「-아 / 어」會變成「워」，而「으」則變成「우」。如「덥다」、「춥다」、「어렵다」、「쉽다」及「맵」等，變化請參見下表。

「ㅂ」不規則	-아요 / 어요	-았어요 / 었어요	-고	-습니다 / ㅂ니다
덥다（熱的）	더워요	더웠어요	덥고	덥습니다
춥다（冷的）	추워요	추웠어요	춥고	춥습니다
어렵다（難的）	어려워요	어려웠어요	어렵고	어렵습니다
쉽다（容易的）	쉬워요	쉬웠어요	쉽고	쉽습니다
맵다（辣的）	매워요	매웠어요	맵고	맵습니다

例句：날씨가 너무 추워요.

天氣很冷。

한국어가 어려워요?

韓語很難嗎？

떡볶이가 매워요?

炒年糕辣嗎？

小叮嚀

亦有不屬於「ㅂ不規則變化」的情形，如「좁다」（窄）、「입다」（穿）、「잡다」（抓）。

例句：이 방은 아주 좁아요.
這房間很狹窄。

산산 씨는 원피스를 입었어요.
珊珊穿了連身裙。

제 손을 잡아요.
抓住我的手。

2. 반말

規則：卑語；半語

說明：意義同形容詞或動詞的原型，若接於名詞後方可譯為「是……」。可用於對方與自己關係非常親近，或對方年紀比自己小、地位比自己低的人，無提高或貶低對方位階的含意。當形容詞或動詞的語尾為「- 아요 / 어요」，去掉「요」後即變成半語的形式。若前面為名詞，則使用「-(이) 야」。

例句：오늘 많이 바빠?

今天很忙嗎？

아니, 괜찮아.

不，還好。

이 모자 좋지?

這帽子不錯吧？

응, 참 좋아.

嗯，真好看。

내일 늦지 마.

明天不要遲到。

알았어 . 일찍 올게.

知道了。我會早點來。

오후에 뭐 할 거야?

下午要做什麼呢？

도서관에 갈 거야.

我要去圖書館。

그 사람 누구야?

那個人是誰？

우리 아들이야.

是我兒子。

小叮嚀

對朋友或晚輩進行提議或要求時，會使用「-자」為語尾，可譯為「……吧」。

例句：빨리 집에 가자.
快回家吧！

돈이 모자라니까 그거 사지 말자.
因為錢不夠，別買那個吧！

3. N +밖에

中譯：只有；僅只

說明：表示除此之外沒有其他選擇。通常與「안」（不……）、「못」（不能……）、「모르다」（不知道）、「없다」（沒有）等一起使用，後方必須是否定表現。

例句：냉장고에 주스밖에 없어요 .

冰箱裡只有果汁。（冰箱除了果汁沒有別的。）

시간이 십 분밖에 안 남았어요 .

只剩下十分鐘了。

4. N + 보다 + N

中譯：比起……更……

說明：以其前方名詞為進行比較基準的表現。

例句：금요일보다 주말이 더 바빠요 .

比起週五，週末更忙碌。

오늘이 어제보다 더워요 .

今天比昨天熱。

5. N + 부터…N + 까지

中譯：從……到……

說明：表示時間或地點的開始與結束。兩者亦可分開單獨使用。

例句：오늘부터 한국어를 배워요 .

從今天開始學韓文。

월요일부터 금요일까지 회사에 가요 .

從週一到週五要上班。

小叮嚀

亦可用來表示範圍的開始與結束。

例句：오과부터 칠과까지 공부했어요 .
從第五課讀到第七課了。

삼십쪽부터 삼십이쪽까지 읽으세요 .
請從三十頁讀到三十二頁。

ㅅ

1.「ㅅ」불규칙

規則：「ㅅ」不規則變化

說明：其變化範圍的形容詞或動詞，有其要遵守的特殊變化規則。原形語尾「다」前面的收尾音以「ㅅ」結尾的這類動詞，當遇到與後方字首為「-아 / 어 / 으」的語尾結合之情況時，「ㅅ」會脫落，如「낫다」、「짓다」、「붓다」及「젓다」等，變化請參見下表。

「ㅅ」不規則	-아요 / 어요	-(으)니까	-아서 / 어서	-(으)ㄴ데 / 는데
낫다（好）	나아요	나으니까	나아서	낫는데
짓다（做）	지어요	지으니까	지어서	짓는데
붓다（腫）	부어요	부으니까	부어서	붓는데
젓다（攪）	저어요	저으니까	저어서	젓는데

例句：상처가 나았어요 .

傷口好了。

눈이 많이 부었어요 .

眼睛腫得很嚴重。

고추장을 넣었으니까 잘 저어서 드세요 .

已加辣椒醬了，請攪拌後再享用。

小叮嚀

亦有不屬於「ㅅ不規則變化」的詞彙，如「웃다」（笑）、「씻다」（洗）。

例句：너무 웃어서 배가 아파요.
笑得太開心，肚子好痛。

저는 집에 도착하면 바로 손을 씻어요.
我一回到家，就會馬上洗手。

2. A / V + - 습니다 / ㅂ니다

中譯：意義同動詞、形容詞原形本身

說明：常於正式場合如職場、演講、會議或播報新聞等情境使用，疑問句則以「- 습니까 / ㅂ니까」來表現。

例句：자기소개를 하겠습니다.

我要做自我介紹。

저는 회사원입니다.

我是上班族。

날씨가 시원합니다.

天氣很涼爽。

현우 씨는 한국 사람입니까?

賢宇先生是韓國人嗎？

ㅇ

1. 아무+ －도

中譯：任何……都（不）……

例句：여기는 아무도 없어요 .

這裡什麼人也沒有。

제가 한 말은 아무한테도 말하지 마세요 .

我說的話請不要對任何人說。

아무 것도 모르고 왔어요 .

我什麼都不知道就來了。

2. V + －아 / 어 놓다

中譯：……著

說明：表示某動作結束後，該行為造成的結果或狀態持續。

例句：비행기 표를 예매해 놓았으니까 걱정하지 마세요 .

我已經先買好機票，不用擔心。

小叮嚀

「－아 / 어 두다」和「－아 / 어 놓다」皆可表示某狀態的持續。因此，也可以使用「－아 / 어 두다」來取代「－아 / 어 놓다」。

例句：미리 예약해 놓았으니까 걱정하지 마세요 .

→미리 예약해 두었으니까 걱정하지 마세요 .

我已事先預約了，請不用擔心。

3. V + －아 / 어다 주다

中譯：為某人做……

說明：表示為某人做某事。

例句：집에 올 때 수박 좀 사다 주세요.

回家時，請幫我買西瓜回來。

도서관에 가면 요리책 좀 빌려다 줄 수 있어요？

如果去圖書館的話，可以幫我借烹飪書嗎？

小叮嚀

與「모시다」（侍奉）或「데리다」（帶領）一起使用時，表示陪伴或帶某人移動至某處。

例句：어머니를 공항까지 모셔다 드렸어요.

我陪母親一起到機場。

기차역까지 데려다 주실 수 있어요？

可以帶我到火車站嗎？

4. V + －아 / 어도 되다

中譯：可以……

說明：表示允許或同意進行某事。

例句：아침 안 먹어도 돼요.

不吃早餐也可以。

머리 안 감아도 돼요.

不洗頭也可以。

이 노트북을 사용해도 될까요？

可以使用這台筆電嗎？

小叮嚀

亦可用「괜찮다」（沒關係）替換「되다」（成為），兩者的意思相近。

例句：이거 먹어도 괜찮아요？
吃這個沒關係嗎？

A：먼저 퇴근해도 돼요？
可以先下班嗎？

B：네，일을 다 했으면 가도 괜찮아요.
是，工作都做完的話，要離開也沒關係。

5. V + －아 / 어서

中譯：……之後……

說明：表示時間的前後關係。用於某動作完成後，與其相關的另一動作接著發生。

例句：제가 요리해서 먹었어요.

我自己煮飯吃了。

어제 친구를 만나서 이 백화점에 갔어요.

昨天跟朋友見面後去了這間百貨公司。

6. A / V + －아 / 어서

中譯：因為……

說明：前面的行為或狀態為原因或理由的表現。此時後行句不得為命令句或提議句。

例句：날씨가 따뜻해서 기분이 좋아요.

因為天氣暖和，所以心情好。

딸기가 맛있어서 많이 먹었어요 .

因為草莓很好吃，所以吃了很多。

요즘 일이 많아서 너무 피곤해요 .

最近因事情很多，所以很疲倦。

비가 많이 와서 못 갔어요 .

因為雨下得太大，所以無法過去。

이 영화 잡지가 재미있어서 두 번 봤어요 .

因為這本電影雜誌很有趣，所以看了兩遍。

7. V + －아 / 어야 되다

中譯：應該……；必須……

說明：對某事或某情況有責任或義務的表現。

例句：내일도 병원에 와야 돼요 ?

明天也要到醫院來嗎？

책을 읽어야 돼요 . 숙제예요 .

我必須讀書。這是作業。

리포트를 써야 돼요 .

我必須寫報告。

小叮嚀

正式場合或文章中常使用「- 아 / 어 / 해야 하다」。

例句：여러분은 운동을 해야 합니다.
各位應該要運動。

8. V + －아 / 어 버리다

中譯：……掉；……完

說明：表示某行為完全或已經結束，且其結果什麼都不剩，讓說話者感到惋惜，或完成某動作後感到負擔減輕。

例句：시진 씨가 아무 말도 없이 그냥 가 버렸어요.

時鎮什麼話都沒說就走掉了。

그 일을 다 끝내 버려서 마음이 편해요.

那工作終於完成了，心裡很輕鬆。

오빠가 남은 음식을 다 먹어 버렸어요.

哥哥把剩下的食物都吃光了。

小叮嚀

與動詞「잊다」（忘記）、「잃다」（遺失）結合後的「잊어버리다」（忘掉）、「잃어버리다」（弄丟）為獨立詞彙，毋需分寫。

例句：언니의 메일 주소를 잊어버렸어요.
我忘記姐姐的郵件地址了。

시장에서 지갑을 잃어버렸어요.
我在市場遺失了皮夾。

9. V + －아 / 어 보다

(1) 中譯：請……看看

說明：勸誘他人嘗試某種行動。

例句：한번 입어 보세요？

要試穿看看嗎？

인사동에 가 보세요.

請去仁寺洞看看吧。

저도 잘 몰라요. 선생님께 물어보세요.

我也不清楚，請詢問老師看看。

이 잡지 읽어 보세요.

請讀看看這本雜誌吧。

(2) 中譯：（去）過……；（聽）過……

說明：表示嘗試進行某事或有某種經歷。

例句：경주에 가 봤어요.

我去過慶州。

이 노래를 들어 봤어요？

你聽過這首歌嗎？

스키를 해 봤어요.

我滑過雪。

10. 아 / 어 보이다

中譯：看起來⋯⋯

說明：表示看到某事物後對其做的推測或判斷。

例句：많이 피곤해 보여요. 무슨 안 좋은 일이 생겼어요?

你看起來很累，有發生了什麼不開心的事嗎？

우리 어머니는 연세보다 젊어 보이세요.

我媽媽看起來比實際年齡年輕。

11. V + －아 / 어 주다

中譯：（給予）幫助⋯⋯

說明：為了他人做某種行為的表現。當說話者想幫助聽話者並進而詢問是否願意接受幫助時使用「- 아 / 어 줄까요 ?」。當說話者想請他人給予協助時則使用「- 아 / 어 주세요」。

例句：추워요? 창문을 닫아 줄까요?

會冷嗎？要不要幫你把窗戶關上呢？

도와주세요.

請幫助我。

선생님, 칠판에 써 주세요.

老師，請寫在黑板上。

요즘 태영 씨가 요리를 가르쳐 줘요.

最近泰瑛在教我做料理。

12. A / V + －아 / 어요

中譯：意義同動詞或形容詞原形本身。

說明：非正式場合用來表達客氣禮貌語氣的現在式表現。用來敘述或提問、命令、提議某個事實，使用在句子結尾。

小叮嚀

當形容詞或動詞原形為하다結尾時，去掉原形語尾다後，要接여요；若原形語尾다前有母音ㅏ或ㅗ時，要接아요；其它情況則接어요。變化規則整理如下：

ㅏ / ㅗ	하다	ㅓ / ㅜ / ㅣ…
만나＋아요 → 만나요 （當ㅏ接連아時，會去掉一個ㅏ） 보＋아요 → 봐요	운동하＋여요 → 운동해요 사랑하＋여요 → 사랑해요	읽＋어요→ 읽어요 배우＋어요→ 배워요

例句：식당에 가요 .
去餐廳。

매일 한국어를 공부해요 .
我每天學習韓語。

유진 씨는 비빔밥을 먹어요 .
宥珍吃拌飯。

13. V + －아 / 어 있다

中譯：……著

說明：表示某動作結束後，該狀態或結果仍持續著。

例句：가방에 한복 입은 곰인형이 달려 있어요 .

包包上掛著穿韓服的小熊。

학생들이 교실에 앉아 있어요 .

學生們在教室坐著。

小叮嚀

若要使用「입다」（穿）、「쓰다」（寫）、「신다」（穿）、「벗다」（脱）等與穿、戴相關的動詞表示該狀態持續時，則該動詞必須與「- 고 있다」結合使用。

例句：안경을 쓰고 있는 사람이 우리 오빠예요 .
戴著眼鏡的人是我哥。

집에서는 편안한 슬리퍼를 신고 있어요 .
在家穿著舒服的拖鞋。

14. A + － 아 / 어지다

中譯：變……

説明：表示逐漸變成某個狀態。

例句：날씨가 많이 따뜻해졌지요 ?

天氣變得很暖和吧？

서울에 외국 사람이 많아졌어요 .

首爾外國人變多了。

15. 안 + V

中譯：不；沒有

説明：表示（意志方面）否定之意。

例句：오늘 친구를 안 만나요 .

今天不和朋友見面。

정우 씨는 고기를 안 먹어요 .

正宇不吃肉。

小叮嚀
「안」若與「공부하다」（讀書）、「운동하다」（運動）等由「名詞＋하다」結合的動詞一起使用時，「안」應置於名詞與「하다」之間。 例句：세령 씨는 공부 안 해요 . 世玲不讀書。 스티븐 씨는 운동 안 해요 . 史提芬不運動。

16. A / V + －았 / 었

中譯：已經⋯⋯；⋯⋯過了

說明：為「요」形的過去式。當形容詞或動詞原形以「하다」結尾時，去掉原形語尾「다」後，要接「했어요」；若原形語尾「다」前有母音「ㅏ」或「ㅗ」時，要接「았어요」；其它情況則接「었어요」。變化規則整理如下：

原形	「요」形	「요」形的過去式
가다（去）	가요	갔어요
보다（看）	봐요	봤어요
먹다（吃）	먹어요	먹었어요
마시다（喝）	마셔요	마셨어요
운전하다（駕駛）	운전해요	운전했어요

例句：어제 피자를 먹었어요 .

昨天吃了披薩。

지난 주말에 공원에서 운동했어요 .

上個週末在公園運動了。

17. N + 였어요 / 이었어요

中譯：是……

說明：在非正式的場合上表達客氣禮貌的過去式表現。有尾音的名詞後面要接「이었어요」，沒有尾音的名詞後面要接「였어요」。

例句：어제는 한가위였어요.

昨天是中秋節。

친구는 군인이었어요.

朋友曾是軍人。

18. A / V + －았 / 었으면 좋겠다

中譯：能……的話就好了；真希望……

說明：表示已經發生的事情能夠往希望的方向達成，或想要達成某件事的希望與期待。

例句：이번 휴가 때는 여행을 갔으면 좋겠어요.

這次休假能去旅行的話就好了。

선생님께서 저를 내내 기억하셨으면 좋겠어요.

真希望老師能一直記得我就好了。

小叮嚀

當期盼的事情難以完成、或實現的可能性較低時，「- 았 / 었 / 였으면 좋겠다」比「-(으) 면 좋겠다」更有強調「希望、期盼」之意。

例句：세계 여행을 하면 좋겠어요.
能環遊世界的話就好了。

세계 여행을 했으면 좋겠어요.
要是能去環遊世界就好了。

19. A / V + －았 / 었을 때

中譯：做……的時候

說明：表示事情在過去發生或存在的時間點。

例句：고속터미널 도착했을 때 부모님한테서 전화가 왔어요 .

到達巴士轉運站時，父母打電話來。

젊었을 때 운동을 많이 했는데 요즘은 거의 못해요 .

年輕時常運動，但最近幾乎沒在運動。

20. N + 앞 / 뒤 / 옆에 있다

中譯：在前面；後面；旁邊

說明：用於描述人事物所在的位置、方向。

例句：약국은 우체국 뒤에 있어요 .

藥局在郵局後面。

병원은 커피숍 옆에 있어요 .

醫院在咖啡廳旁邊。

21. 여기 / 거기 / 저기가 + N + 이다

中譯：這裡；那裡；那裡是……

說明：「여기」（這裡）是指距離離說話者近的地點；「거기」（那裡）是指離說話者遠、離聽話者近的地點，或先前談話中提過或想像中的地點；「저기」（那裡）是指離說話者與聽話者都遠的地點。

例句：여기가 어디예요 ?

這裡是哪裡？

거기가 인사동이에요.

那裡是仁寺洞。

저기가 남산이에요.

那裡是南山。

22. A + -(으)ㄴ + N

中譯：……的……

說明：為形容詞的冠形詞。與形容詞結合使用，其後加上名詞，可將名詞特性或狀態具體化。

例句：큰 수박

大（的）西瓜

작은 별

小（的）星星

따뜻한 옥수수 수염차를 마실까요？

要不要喝杯熱玉米鬚茶呢？

저는 매운 음식을 아주 좋아해요.

我很喜歡吃辣的食物。

지난주에 긴 코트를 샀어요.

上週我買了長外套。

23. A + -(으)ㄴ가요？；V + -나요？；N + -인가요？

中譯：……嗎？

說明：比「-아요 / 어요」更加委婉客氣。

例句：여기 카드로 계산 가능한가요？

這裡可以刷卡付費嗎？

새로 이사한 집은 교통편이 좋은가요?

新家交通方便嗎？

지금 그곳 날씨가 추운가요?

現在那地方天氣冷嗎？

저기요, 아침식사는 어디에서 해야 하나요?

打擾一下，請問早餐要在哪裡用餐呢？

두 분은 어떤 사이인가요?

請問兩位是什麼關係呢？

小叮嚀

當與「있다」（有）、「없다」（沒有）或過去式語尾「-았/었-」結合時，應該使用「-나요」。

例句：이 근처에 공중전화가 있나요?
　　這附近有公用電話嗎？

　　어제 시험이 어려웠나요?
　　昨天的考試難嗎？

24. N+은/는+N+예요/이에요

中譯：……是……

説明：在非正式場合表達客氣禮貌口氣的表現。可用於肯定句或疑問句。

例句：저는 나나예요.

我是娜娜。

지혜 씨는 회사원이에요.

智慧小姐是上班族。

진호 씨는 한국 사람이에요?

振浩先生是韓國人嗎？

25. A + -(으)ㄴ데 ; V + -는데 ; N +인데

中譯：雖然……；但是……

說明：連結語尾。表示雖有前面的事實，但出現意料之外的結果或情況。也可用來對比、對照前後相對立的事實。

例句：이 집은 학교에서 가까워서 좋은데 관리비가 비싸요.

這房子的好處是離學校近，但是管理費太貴了。

우리는 친한 친구인데 성격이 아주 달라요.

我們雖是好朋友，但個性很不同。

小叮嚀1

請注意強調對比、對照時，前後句子常使用補助詞「-은 / 는」。

例句：그 학생 얼굴은 아는데 이름은 몰라요.
我雖記得那學生的長相，但不知道名字。

영어능력시험은 잘 봤는데 한국어능력시험은 못 봤어요.
英文能力檢定考雖考得很好，但韓文能力檢定考考得不好。

小叮嚀2

對於後面接續內容的背景或情況予以提示。

例句：배가 아픈데 약 있어요?
我肚子不舒服，你有藥嗎？

CC 크림을 사려고 하는데요.
我打算買 CC 霜。

외국인 등록증을 만들려고 하는데요.
我想辦理外國人登錄證。

여기는 우리 교회인데 학생들이 많아요.
這裡是我們教會，學生很多。

小叮嚀3

亦可用於命令、請求對方進行某種行動、或是向對方提議一起做某件事時。

例句：늦었는데 택시를 타세요.
遲到了，請搭計程車。

펜이 없는데 좀 빌려 주세요.
我沒有筆，請借我一下。

小叮嚀4

詢問對方問題時，可用來作為詢問的理由或背景說明。

例句：지금 비가 오는데 우산 가져왔어요？
現在在下雨，你有帶雨傘來嗎？

부탁이 있는데 시간 좀 내 주시겠어요？
我有事想拜託，（您）能給我一些時間嗎？

小叮嚀5

可用於附加說明的句子中。

例句：이것은 떡국인데 설날 때 먹어요.
這是年糕湯，過年時會吃的。

이 분은 세종대왕인데 한국 사람들이 존경하는 분이에요.
這位是世宗大王，韓國人都很尊敬他。

26. V + -(으)ㄴ 적(이) 있다 / 없다

中譯：有……經驗；沒有……經驗

說明：表示經驗的有無。

例句：그 만화영화를 본 적이 없어요.
我沒看過那部動畫。

한강에 가서 사진을 찍은 적이 있어요.
我去漢江拍照過。

小叮嚀

常與表示嘗試的「-아/어 보다」結合使用，形成「-아 / 어 본 적(이) 있다」的句型。

例句：진희 씨가 만든 음식을 먹어 본 적이 있는데 맛있었어요.
我吃過珍熙做的食物，很好吃。

27. V + -(으)ㄴ 지

中譯：……後，已經（多久）……

說明：表示某動作發生後經過的時間。

例句：점심을 먹은 지 두 시간 됐어요.

吃完中餐後已過了兩小時。

그 소식을 들은 지 얼마 안 됐어요.

聽到那個消息沒有多久。

小叮嚀

想表示「已經多久沒做某事」時，常用以下二種方式表達：

例句：청소를 안 한 지 일주일 됐어요.
已經一個星期沒打掃了。

청소를 한 지 일주일 됐어요.
打掃至今已過一個星期了。

28. A + -(으)ㄴ 편이다；V + -는 편이다

中譯：算是……的

說明：用於判別事實較接近某一方面時。

例句：그 식당의 음식은 좀 비싼 편이에요.

那家餐廳的食物算是比較貴的。

저는 좀 일찍 자는 편이에요.

我算是比較早睡的。

29. V + -(으)ㄴ 후에

中譯：……之後

說明：表示在某行為或狀態後進行某事。

例句：졸업한 후에 바로 취직했어요 .

畢業後就立刻去工作了。

아침을 먹은 후에 수업을 해요 .

我吃完早餐後去上課。

小叮嚀1

可以在名詞後直接加上「후에」。

例句：식사 후에 디저트도 드세요 .
餐後也請享用點心。

은퇴 후에 봉사 활동을 시작했어요 .
退休後開始當義工。

小叮嚀2

當與「부터」（從……）、「까지」（到……）等助詞結合使用時，可省略「에」。

例句：한국에 온 후부터 한국어를 배웠어요 .
來到韓國後，才學了韓文。

은퇴한 후까지의 계획을 세웠어요 .
我已擬好退休後的計畫。

30. A / V + -(으) 니까 ; N + (이) 니까

中譯：因為……

説明：前行句內容為後行句內容的理由或判斷。即前面行為的結果，成為發現後面事實的表現。

例句：불고기가 맛있으니까 맛있게 드세요 .

韓式烤肉很好吃，請好好享用。

날씨가 너무 추우니까 밖에 나가지 마세요 .

天氣太冷了，請不要出去外面。

새 구두를 신고 걸으니까 발이 아파요 .

因為穿新鞋走路，所以腳很痛。

주말에 쉬었으니까 오늘은 공부해야 돼요 .

週末已經休息過了，今天要好好用功。

금요일이니까 길이 막힐 거예요 .

因為是星期五，所以路上應該會塞車。

31. V + -(으) ㄹ 거예요

中譯：（表意願）要；將要；可能……；應該……

說明：表示計畫或不確定的未來。在正式場合上要使用「-(으) ㄹ 것입니다」或「-(으) ㄹ 겁니다」。

例句：오늘 저녁에 친구를 만날 거예요 .

今晚我要和朋友見面。

이번 방학에 대전 여행을 할 거예요 .

這次假期我會去大田旅行。

비빔국수 먹을 거예요 .

我要吃拌麵。

오후 한 시 반에 회의를 할 것입니다 .

下午一點半要開會。

일찍 출발하세요 . 아마 길이 막힐 거예요 .

請早點出發，路上可能會很塞。

민수 씨가 아마 이 스웨터를 좋아할 거예요 .

民秀應該會喜歡這毛衣。

32. V + -(으)ㄹ게요

中譯：(我)會……；(我)要……

說明：為口語表現，使用於說話者向聽話者提出欲進行某動作。主詞僅能使用第一人稱，包含「저」(我)、「나」(我)、「우리」(我們)。

例句：제가 먼저 갈게요.

我要先走了。

매일 먹을게요.

我會每天吃的。

그럼 제가 연락할게요.

那麼我來聯絡好了。

33. V + -(으)ㄹ까요

中譯：要不要……呢？；……好不好呢？

說明：對尚未決定的事，詢問聽話者的意見或想法，或提出建議時使用。

例句：A：뭘 먹을까요?

要吃什麼呢？

B：냉면을 먹어요.

吃冷麵。

A：사우나에 갈까요?

要不要去三溫暖呢？

B：네, 같이 가요.

好啊，一起去。

小叮嚀	在意義上，句子的主語通常為「우리」（我們），一般情形可以「-(으)ㅂ시다」來回答，但不得對長輩或在上位者使用。 例句：뭘 마실까요？ 要喝什麼呢？ 포도주스를 마십시다. 來喝葡萄汁吧！

34. V + -(으)ㄹ까 하다

中譯：想說要不要……

說明：表示有進行某動作的意志或想法，處於「還在考慮中」的狀態。

例句：아침을 안 먹어서 점심을 일찍 먹을까 해요.

因為沒吃早餐，想說要不要早點吃午餐。

이번 주말에 별일 없으면 친구를 만날까 해요.

這個周末如果沒特別的事，我想說要不要去找朋友。

35. -(으)ㄹ 때

中譯：……的時候

說明：表示某行為或情況持續的時間，或指發生某事的時間點。

例句：시간이 많을 때는 여행을 자주 했어요.

從前時間多的時候，我常去旅行。

외출할 때에는 반드시 팀장에게 외출허락을 받아야 한다.

外出時必須向組長請假。

시간이 있을 때 뭘 해요？

有空時做什麼事呢？

집에 올 때 비가 와서 우산을 샀어요.

回家時因為下雨，所以買了雨傘。

36. N +을 / 를

中譯：同前方的名詞，接在名詞後使用，沒有獨立的中譯。

説明：接受動作的對象（即受詞）後方要接上受詞助詞。

例句：김치찌개를 먹었어요.

我吃了泡菜鍋。

아이스크림을 샀어요.

我買了冰淇淋。

37. N +을 / 를 잘하다 / 잘 못하다 / 못하다

中譯：擅長……；不太會……；不會……

説明：表示對某事物熟練或具備技術能力的程度。

例句：명애 씨는 수학을 잘해요.

明愛擅長數學。

동생은 노래를 잘 못하지만 공부를 잘해요.

弟弟雖不太會唱歌，但很會讀書。

저는 요리를 못해요.

我不會做菜。

38. -(으)ㄹ래요?

中譯：你要……嗎？；我要……

說明：用於疑問句時，表示針對某事，詢問聽話者對事情的意見，或是建議對方一起進行該事。用於肯定句時，則表示說話者進行某事的想法或意志。

例句：된장국 만들었는데 좀 먹을래요?

我做了大醬湯，要不要吃一些呢？

내일 추석인데 같이 송편을 만들래요?

明天是中秋節，要不要一起做松糕呢？

저는 그냥 집에 갈래요.

我要直接回家了。

39. V + -(으)ㄹ 뻔하다

中譯：差點……

說明：表示某事幾乎就要發生了。

例句：택시에서 지갑을 놓고 내릴 뻔했어요.

差點把皮夾放在計程車上。

요리하다가 손가락을 다칠 뻔했어요.

煮飯煮到一半，差點傷到手指。

40. V + -(으)ㄹ 수 있다 / 없다

中譯：可以……；不可以……

說明：用來表示某事發生的可能性，或有無進行某種行動的能力。回答時用「못」較自然。

例句：한국말을 할 수 있어요.

我會說韓文。

배가 아파서 밥을 먹을 수 없어요.

因肚子痛而無法吃飯。

A： 오늘 모임에 올 수 있어요?

你今天可以來參加聚會嗎？

B： 아니요, 오늘은 못 가요.

不，我今天沒辦法去。

41. V + -(으)ㄹ 줄 알다 / 모르다

中譯：會做某件事；不會做某件事

說明：對於某種方法或事實，表示知道或不知道的表現。

例句：수영할 줄 몰라요.

我不會游泳。

저는 한글을 읽을 줄 알아요.

我會讀韓文字。

고구마빵을 만들 줄 알아요.

我會做地瓜麵包。

42. A / V + -(으)ㄹ지 모르겠다

中譯：不曉得是否……

說明：對前文內容推測時的表現。

例句：음식이 입에 맞을지 모르겠어요.

不知道食物合不合口味。

모레 시험을 잘 볼 수 있을지 모르겠어요.

不曉得後天考試能不能考得好。

민철 씨가 아직 안 왔는데 언제 올지 모르겠어요.

民哲還沒來，不曉得何時會來。

43. A / V + -(으)ㄹ 테니까

中譯：我會……，所以請……；可能會……，所以請……

說明：作為後行句的前提條件來使用，表示說話者的意志或推測。後行句則有讓聽話者了解該怎麼做、或被指示該怎麼做的內容表現。

例句：내가 도와줄 테니까 걱정하지 마.

我會幫助你，不要擔心。

이번 시험은 어려울 테니까 열심히 준비하세요.

這回考試可能會很難，請好好準備。

크리스마스에는 사람이 많을 테니까 미리 예약하세요.

聖誕節時應該會有很多人，請事先預約。

44. V + -(으)러 가다 / 오다

中譯：去（做）……；來（做）……

說明：表示去或來移動的目的。

例句：쇼핑몰에 옷을 바꾸러 가요.

我要去購物中心退換衣服。

지금 돈을 찾으러 가요.

我現在要去領錢。

주말에 친구 집에 놀러 갈 거예요.

週末我要去朋友家玩。

45. V + -(으)려고

中譯：為了……；打算……；想要……

說明：表現某行動的意圖或目的，但不能用於勸誘或命令。

例句：우표를 사려고 우체국에 가요.

為了買郵票去郵局。

불고기를 만들려고 쇠고기를 샀어요.

我打算做韓式烤肉而買了牛肉。

A： 왜 한국어를 공부해요?

你為什麼要學韓文呢？

B： 한국 친구들과 이야기하려고요.

為了跟韓國朋友交談。

46 . V + -(으) 려고 하다

中譯：打算要……

說明：表示有進行某行動的意圖或計畫。

例句：어제 콘서트에 가려고 했지만 표가 없어서 못 갔어요 .

昨天本來打算要去演唱會的，但因沒有票了所以沒能去。

小叮嚀 1

動詞語幹以「ㄹ」結尾時要接「- 려고 하다」。

例句：케이크를 만들려고 해요 .

我打算要做蛋糕。

小叮嚀 2

承【小叮嚀 1】內容，判斷原則需視動詞的「原形」而定。如屬「ㄷ不規則變化」的「듣다」後面須接「- 으려고 하다」。

例句：오늘부터 한국 뉴스를 들으려고 해요 .

我打算從今天開始聽韓國新聞。

47. V + -(으) 려면

中譯：打算……的話；想要……的話

說明：用來表現意圖和欲實現目的所需要的條件。

例句：김포공항에 가려면 이 차를 타야 돼요 .

想去金浦機場的話，要搭這班車。

늦지 않으려면 택시를 타세요 .

不想遲到的話，請搭計程車。

48. N + -(으) 로

中譯：(1) 往……；(2) 以……；(3) 用……

説明：(1) 表示移動的方向；(2)、(3) 表示從事某行動的手段、工具或方法等。

例句：다음 주에 호주로 갈 거예요 .

下週我要去澳洲。

오른쪽으로 쭉 가세요 .

請往右邊一直走。

비행기로 보내면 삼일 걸려요 .

用空運寄送的話，要花三天時間。

小叮嚀 1

名詞若以「ㄹ」結尾時，直接接上「로」。

例句：사무실로 갈까요 ?
要不要往辦公室去呢？

연필로 쓰세요 .
請用鉛筆寫。

49. A / V + -(으) 면

中譯：如果……的話

説明：表示假設條件或事情尚未發生。

例句：사람이 많으면 다음에 갈 거예요 .

人多的話，我下次再去。

비가 오거나 추우면 실내 활동을 선택하세요 .

如果下雨或天氣冷，請選擇室內活動。

공항에 도착하면 전화하세요 .

到機場的話，打電話給我。

오분만 걸으면 도착할 거예요 .

只要走五分鐘就會到。

방송국 전화번호를 알면 가르쳐 주세요 .

如果你知道電視台的電話號碼，請告訴我。

小叮嚀 1

當與「ㄷ不規則變化」、「ㅂ不規則變化」或「ㄹ脫落」等結合時，必須特別注意其變化，變化請參見下表。

	「ㄷ」不規則變化	「ㅂ」不規則變化	「ㄹ」脫落
-(으) 면	듣다 → 들으면 걷다 → 걸으면 묻다 → 물으면	춥다 → 추우면 덥다 → 더우면 맵다 → 매우면 쉽다 → 쉬우면 어렵다 → 어려우면	길다 → 길면 멀다 → 멀면 만들다 → 만들면 살다 → 살면

50. V + -(으) 면 되다

中譯：可以……

說明：用於說明處理事情的規則或解決方法等。

例句：여덟 시에 시작하니까 여덟 시까지 오면 돼요 .

因為八點開始，八點前到就可以了。

토요일까지 읽으면 돼요 .

週六前讀完就行了。

51. V + -(으)면서

中譯：邊……邊……

說明：表示前後文的動作同時進行。使用時，前後文主詞需一致，且不與過去式形態結合使用。

例句：운전하면서 전화하지 마세요.

請勿邊開車邊講電話。

친구와 과자를 만들면서 이야기했어요.

和朋友邊做餅乾邊聊天。

52. V + -(으)면 안 되다

中譯：不能……；禁止……

說明：表示對某件事情的不同意或有所限制。

例句：시험 시간에 핸드폰을 보면 안 됩니다.

考試時不能看手機。

절대 가면 안 돼요.

絕對不可以去。

말을 함부로 하면 안 돼요.

話可不能亂說。

文法篇

53. A / V + -(으) 시

規則：「尊待」對方的語氣

説明：當主詞社會地位較談話者高時，應使用「-(으) 시」來表示尊敬之意。

例句：할머니는 친구가 많으시네요 .

奶奶朋友很多。

선생님은 참 친절하시네요 .

老師真親切。

小叮嚀

欲表現過去形態，以「-(으) 시」+過去式「었」形成「-(으) 셨」即可。

例句：과장님은 어제 중국에 가셨어요 .
課長昨天去了中國。

미세요 . 請推（門）。

54. V + -(으)세요

中譯：請（您）……；您要不要……

說明：使用在非正式場合上，向他人提出請求、建議、疑問或以謙恭態度命令他人時。

例句：어서 오세요.

歡迎光臨。

여기 앉으세요.

請坐在這裡。

먼저 회의실에 가세요?

您要不要先到會議室？

小叮嚀

-(으)십시오則使用在正式場合上。

例句：잠시만 기다리십시오.

請您稍候。

55. N + 이 / 가 되다

中譯：變成……；成為……

說明：表示某人或事物的轉變、轉換。

例句：수미가 벌써 대학생이 되었어요.

秀美已經成為大學生了。

여름이 되었어요.

夏天到了。

56. N +이 / 가 아니다

中譯：不是……

說明：用於名詞後方，表示否定之意。

例句：저는 학생이 아닙니다.

我不是學生。

진주 씨는 호주 사람이 아닙니다.

珍珠小姐不是澳洲人。

그는 미국 사람이 아니에요.

他不是美國人。

57. N +이 / 가+ A + -아 / 어요

中譯：某（人事物）……（如何如何）。

說明：使用在非正式場合上。針對名詞的現在狀態或特性進行說明或提問時的表現。

例句：이 영화가 재미있어요.

這部電影很有趣。

유대위님의 사진이 멋있어요.

劉大尉的照片好帥。

58. N +이 / 가 있다 / 없다

中譯：有……；沒有……

例句：동전이 있어요?

你有零錢嗎？

우산이 있어요.

我有雨傘。

신용카드가 없어요.

我沒有信用卡。

미혜 씨는 남자 친구가 없어요.

美惠小姐沒有男朋友。

59. 이거 / 그거 / 저거는+ N 이다

中譯：這是……；那是……；那是……

情境：「이거」用來指離說話者近的事物；「그거」用來指離說話者遠、聽者近的事物；「저거」用來指離說話者與聽者都遠的事物。

例句：이거는 뭐예요?

這是什麼？

그거는 사전이에요.

那是字典。

저거는 한국 지도예요?

那是韓國地圖嗎？

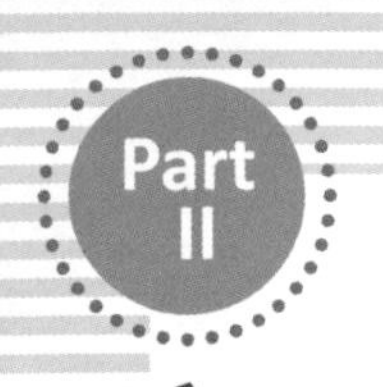

文法篇

小叮嚀

正式場合時使用「이 / 그 / 저것은+ N 입니다」。

例句：그것은 무엇입니까?
那是什麼？

그것은 무엇입니까?
這是我的韓文書。

60. 이 / 그 / 저+ N

中譯：這……；那……；（較遠的）那……

情境：接在名詞前，「이」用來指離說話者近的人事物；「그」用來指離說話者遠、聽者近的人事物；「저」用來指離說話者與聽者都遠的人事物。

例句：이 휴대폰이 얼마예요?

這手機多少錢？

그 분은 누구세요?

那一位是誰呢？

저 식당 음식이 맛있어요.

那餐廳的食物好吃。

小叮嚀

「그」亦可用來指稱先前已提及過的人事物，或想像中的人事物等。

61. N + (이)나

(1) 中譯：……或……

情境：連接二個以上的名詞時

例句：유자차나 녹차가 있어요?

有柚子茶或綠茶嗎？

아침에 보통 과일이나 샌드위치를 먹어요.

早上通常我會吃水果或三明治。

(2) 中譯：……之多；……之久

情境：強調份量，當實際數量多於説話者的想像時可使用。

例句：내 친구는 고양이를 네 마리나 키워요.

我朋友養貓養了四隻之多。

새벽부터 다섯 시간이나 줄을 서서 기다려 드디어 기차표를 샀어요.

從清晨開始排隊等了五個小時之久，終於買到火車票了。

62. -(이)든지

中譯：任何……；不論……

情境：接在疑問詞後表示「全部都不遺漏」的意思。

例句：언제든지 괜찮아요.

任何時候都沒關係。

음식은 많이 있으니까 먹고 싶은 건 무엇이든지 드세요.

食物有很多，請享用任何（您）想吃的東西。

63. N + (이)라고 하다

中譯：叫做……；稱為……；說是……

情境：表示說話者本身叫做（姓名等），或間接引述從他人那裡聽取的內容。

例句：저는 혜리라고 해요.

我叫做惠莉。

회의 시간이 언제라고 했어요?

你說會議時間是什麼時候？

이것은 '송편'이라고 합니다.

這個叫做「松糕」。

64. N + -(이)라서

中譯：因為……

情境：名詞後連接使用

例句：약속 시간이 열두 시라서 지금 가야 돼요.

因約會時間是十二點，所以現在必須走。

전에 배운 거라서 어렵지 않아요.

因為是之前學過的東西，所以不難。

A：한국말 잘하시네요.
您韓文說得真好。

B：부모님이 한국 사람이라서 그래요.
因為父母親是韓國人所以才如此。

65. N + (이) 세요

中譯：是……

情境：為敬語形式，「N + (이) 셨어요」為其過去式型態。

比較：N + 예요 / 이에요

例句：할머니는 교수세요.

奶奶是教授。

어머니는 영어 선생님이세요.

母親是英文老師。

아버지는 전에 신문사 사장님이셨어요.

父親之前是報社社長。

66. N + 입니까 ? / N + 입니다

中譯：是……

情境：正式場合表達禮貌時使用。

比較：N + 예요 / 이에요

例句：저는 김정우입니다.

我是金正宇。

윤아 씨는 학생입니까?

允兒小姐是學生嗎？

67. N +에

情境：與代表時間的名詞結合使用，表示動作發生的時間。

例句：화요일에 한국어를 배워요.

星期二要學韓文。

크리스마스에 친구하고 같이 교회에 가요.

聖誕節要和朋友一起去教會。

小叮嚀1

請注意「지금」（現在）、「그저께」（前天）、「어제」（昨天）、「오늘」（今天）、「내일」（明天）、「모레」（後天）後面不加「에」。

例句：내일 영화를 봐요.
明天看電影。

小叮嚀2

若重新提及先前提過且聽者早已知道的時間，使用「에는」較為自然，有強調該時間之意。

例句：A：주말에 뭐 해요？
週末要做什麼？

B：주말에는 집에서 쉬어요.
週末我要在家休息。

68. N +에 가다 / 오다

中譯：去……；來……

情境：與表示場所的名詞一起使用，表示正往該場所移動。

例句：어디에 가요?

你要去哪裡？

서점에 가요.

我要去書店。

은행에 가요?

你要去銀行嗎？

친구가 한국에 와요.

朋友要來韓國。

69. N +에서

中譯：在……

情境：與表示地點場所的名詞結合使用，特別指句子中動作發生的場所；常與「먹다 / 공부하다 / 보다 / 읽다」等動作結合使用。

例句：집에서 밥을 먹어요.

在家吃飯。

도서관에서 공부해요.

在圖書館念書。

70. N 에서 + N 까지

中譯：從……到……

情境：表示起點與終點，二者亦可分開單獨使用。

比較：N 부터 + N 까지

例句：학교에서 집까지 멀어요？

學校離家裡遠嗎？

여기에서 한옥마을까지 어떻게 가요？

怎麼從這裡到韓屋村呢？

기차역에서 백화점까지 얼마나 걸려요？

從火車站到百貨公司要花多少時間呢？

대만에서 왔어요.

我來自台灣。

이 버스는 어디까지 가요？

這公車開到哪裡呢？

71. N ＋에 있다 / 없다

中譯：在……；不在……

比較：N ＋이 / 가 있다 / 없다

例句：마리코가 어디에 있어요？

麻里子在哪裡？

학교에 있어요.

在學校。

남동생이 교실에 없어요.

弟弟不在教室。

小叮嚀 1

若地點為現在談論的主題，或重新提及先前提過且聽者早已知道的場所時，使用「에는」較為自然，有強調該場所之意。

例句：명동에서 뭐 해요？

在明洞做什麼？

쇼핑해요. 명동에는 백화점이 있어요.

購物。在明洞有百貨公司。

小叮嚀 2

欲表示年長或尊敬的對象在與不在時，可以「계시다」取代「있다」，或以「안 계시다」取代「없다」。

例句：회장님이 지금 사무실에 안 계세요.

會長目前不在辦公室。

72. N 의 + N

中譯：……的……

情境：用以表示某人事物的所有或所屬時。

例句：누구 (의) 공책이에요？

是誰的筆記本？

혜미 씨 (의) 구두예요 .

惠美小姐的皮鞋。

小叮嚀 1

「의」在口語中常被省略。

小叮嚀 2

在口語中「내」、「제」會比「나의」、「저의」更常被使用。

例句：내 친구예요 .
是我的朋友。

小叮嚀 3

指稱對象與說話者關係親近時，「우리」會比「내」、「제」更常被使用。

例句：여기가 우리 집이에요 .
這裡是我家。

우리 아버지는 프랑스어 선생님이세요 .
我父親是法文老師。

1. N +주세요

中譯：請給我……

說明：「주다」（給）加上敬語表現的「- 세요」。

例句：펜 주세요.

請給我原子筆。

젓가락 주세요.

請給我筷子。

> 小叮嚀
>
> 句子中加上「좀」，給人更加客氣的感覺。
>
> 例句：지우개 좀 주세요.
>
> 請給我橡皮擦。

2. V + － 지 마세요

中譯：請不要……

說明：用來禁止從事或進行某種行動。

例句：시원한 음료를 많이 마시지 마세요.

請不要喝太多冷飲。

병원에서는 담배를 피우지 마세요.

請勿在醫院內吸菸。

> 小叮嚀
>
> 請留意其原形為「- 지 말다」，而欲表達正式語氣時可使用「V + - 지 마십시오」。
>
> 例句：여기에서 자전거를 타지 마십시오.
>
> 請不要在此騎腳踏車。

들어가지 마세요 . 請勿進入。

3. A / V + 지만

中譯：雖然……但是……

說明：先說明某事實或內容後，再接著描述與其相反的事實或內容之表現。

例句：한국어 공부는 어렵지만 재미있어요 .

韓語學習雖然難，但很有趣。

저는 김치를 먹지만 친구는 김치를 안 먹어요 .

我吃泡菜，但朋友不吃泡菜。

小叮嚀

當事情為已發生的事實時，以「- 았지만 / 었지만 / 했지만」來表現。

例句：지난번 시험은 어려웠지만 이번 시험은 쉬워요 .
上回的考試很難，但這次考試很簡單。

어제는 운동을 했지만 오늘은 안 해요 .
雖然昨天有運動，但今天不打算運動。

4. A / V + － 지 않다

中譯：不……；沒有……

說明：用以否定前面的狀態或動作。

例句：오늘은 춥지 않아요.

今天不冷。

이 바지는 별로 편하지 않아요.

這褲子不太舒適。

저는 어제 술을 마시지 않았어요.

我昨天沒喝酒。

> **小叮嚀**
>
> 「못」的否定形亦可用「지 못하다」來表現。
>
> 例句：너무 바빠서 친구들을 만나지 못했어요.
> 因為太忙所以沒能見到朋友。

5. A / V + － 지요？；N + (이) 지요？

中譯：……吧？；……是吧？

說明：針對說話者本身已知的事實，向聽話者詢問或做確認。語氣上比使用「- 아요 / 어요」更加和緩、委婉。

例句：요즘 날씨가 너무 덥지요?

最近天氣很熱吧？

지금 비가 내리지요?

現在在下雨吧？

미방 씨는 요리사지요?

美芳是廚師對吧？

小叮嚀 1	口語對話時，可將「- 지요」縮略成「- 죠」來使用。 例句：거기 미화 씨 집이지요？=거기 미화 씨 집이죠？ 那裡是美華家對吧？

小叮嚀 2	此句型的過去式，形容詞與動詞為「-A / V + - 았 / 었 / 했지요？」，名詞為「- 였지요 / 이었지요？」，而未來式則為「-(으) ㄹ 거지요？」。 例句：어제 생일 파티가 재미있었지요？ 昨天的生日派對很有趣吧？ 중국에서 왔지요？ 你是從中國來的吧？ 그저께 마리 씨 생일이었지요？ 前天是瑪麗的生日對吧？ 여름방학에 고향에 갈 거지요？ 暑假時你要回故鄉吧？

6. N + 짜리

中譯：（價值）……的

説明：用來表示某事物的價值或價格。

例句：지하 일층 매점에서 만 원짜리 수입인지 사 오세요 .

請至地下一樓的商店買面額一萬韓圜的印花稅票過來。

별 다섯 개짜리 호텔을 예약할 거예요 .

我會預訂五星級旅館。

그 전자사전은 얼마짜리예요？

那個電子辭典的價位是多少呢？

천 원짜리 배 세 개 주세요 .

請給我三個一千韓圜的梨。

ㅊ

1. N + 처럼 / 같이

中譯：像……一樣

說明：表現某事物與前面所接名詞的特徵相似。

例句：봄인데 날씨가 여름처럼 덥네요 .

雖然是春天，但天氣像夏天一樣炎熱。

아이처럼 순진해요 .

像孩子般天真。

독수리같이 날고 싶어요 .

想像老鷹般飛翔。

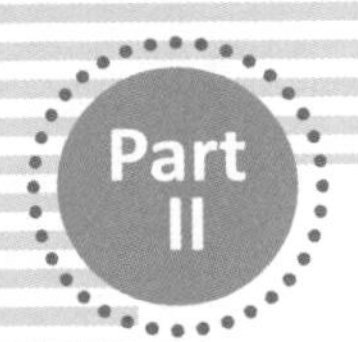

ㅎ

1. 「ㅎ」불규칙

規則：「ㅎ」不規則變化

說明：當原形語尾「다」前面的收尾音是以「ㅎ」為結尾，與後方「으」為首的語尾結合時，原形的尾音「ㅎ」及後方語尾字首的「으」皆會脫落。若與後方「-아 / 어」為首的語尾結合時，原形的尾音「ㅎ」會脫落，且後方語尾字首的「-아 / 어」會變為「애」，而「-야」則會變為「-얘」。如「파랗다」、「노랗다」、「빨갛다」、「하얗다」及「그렇다」等，變化請參見下表。

「ㅎ」 不規則變化	-아요 / 어요	-(으)ㄴ	-(으)니까	-습니다 / ㅂ니다
파랗다 （藍）	파래요	파란	파라니까	파랗습니다
노랗다 （黃）	노래요	노란	노라니까	노랗습니다
빨갛다 （紅）	빨개요	빨간	빨가니까	빨갛습니다
하얗다 （白）	하얘요	하얀	하야니까	하얗습니다
그렇다 （那樣）	그래요	그런	그러니까	그렇습니다

例句：빨간색 비옷을 샀어요.

買了紅色的雨衣。

파란 하늘이 보이는군요.

看見蔚藍的天空了！

小叮嚀

亦有不屬於「ㅎ」不規則的字詞，如「놓다」（擱置）、「넣다」（裝進）、「낳다」（生）、「좋다」（好）。

例句：리포트를 책상 위에 놓으세요.
請將報告放在書桌上。

닭이 알을 낳았어요.
雞下蛋了。

2. N＋하고＋N；N＋（이）랑＋N；N＋과 / 와＋N

中譯：……和……

說明：「N＋하고＋N」、「N＋（이）랑＋N」主要用於口語對話中；「N＋과 / 와＋N」主要於正式場合或文章中使用。

例句：공책하고 연필 주세요.

請給我筆記本和鉛筆。

우유랑 주스가 있어요.

有牛奶和果汁。

수박이랑 오렌지 주세요.

請給我西瓜和柳丁。

학생과 선생님입니다.

是學生和老師。

친구와 같이 수영장에 갔어요.

和朋友一起去了游泳池。

Part II

文法篇

3. 한테

中譯：給……

說明：如下表所示。

한테	께	에게
用於口語	用於需尊敬之對象	用於正式場合或文章中

例句：누구한테 전화했어요？

你打電話給誰？

그 가방을 누구한테 줄 거예요？

那包包是要給誰的？

누가 선생님께 이메일을 보냈어요？

誰寄了電子郵件給老師？

부모님께 무슨 선물을 드렸어요？

你送了什麼禮物給父母？

사장님에게 전해 주세요 .

請幫忙轉達給社長。

小叮嚀

表示動作的來源或出處時，則使用「- 한테서 / 에게서」（從……）。

例句：룸메이트한테서 이야기를 많이 들었어요 .
我常聽室友談起你的事。

할머니한테서 편지가 왔어요 .
從奶奶那邊來了信件。

ㅡ

4. 「ㅡ」탈락

規則：「ㅡ」脫落

說明：當形容詞或動詞原形語尾「다」前面是以「ㅡ」為結尾，與後方「-아 / 어-」為首的語尾結合時，則「ㅡ」會脫落。如「예쁘다」、「바쁘다」、「아프다」、「고프다」及「쓰다」等，變化請參見下表。

「으」脫落	-아요 / 어요	-았어요 / 었어요	-(으)세요	-습니다 / ㅂ니다
예쁘다（漂亮）	예뻐요	예뻤어요	예쁘세요	예쁩니다
바쁘다（忙碌）	바빠요	바빴어요	바쁘세요	바쁩니다
아프다（痛）	아파요	아팠어요	아프세요	아픕니다
고프다（餓）	고파요	고팠어요	고프세요	고픕니다
쓰다（寫；苦）	써요	썼어요	쓰세요	씁니다

例句：이번 주말에는 좀 바빠요.

這週末有點忙。

어제 어깨가 많이 아팠어요.

昨天肩膀很痛。

점심을 안 먹었어요. 그래서 배고파요.

我沒吃午餐，所以肚子餓。

MEMO

有些文法本身可能有二種以上的應用方式，或者有些文法的中文意思都相同，但是適用的場合或情境卻不同。本章將前章「初級常用文法」中出現的關聯文法加以彙整，並針對用法加以比較及說明。

Part II

文法篇

1. 正式與非正式用語

A/V + -습니다/ㅂ니다 適用於正式場合，客氣禮貌語氣。	조영준이라고 합니다. 我叫做趙英俊。 만나서 반갑습니다. 很高興認識你。
A/V + -아/어요 適用於非正式場合，客氣禮貌語氣。	매일 한국어를 공부해요. （我）每天學習韓語。 유진 씨는 비빔밥을 먹어요. 宥珍小姐吃拌飯。

2. 表示「選擇」

A/V + -거나 中譯：……或…… 用法：與動詞連接使用。	비가 오거나 바람이 불면 오지 마세요. 下雨或刮風的話，請不要來。 주말에는 집에서 잠을 자거나 쉬어요. 週末時在家睡覺或休息。
N + -(이)나 中譯：……或…… 用法：與名詞連接使用。	유자차나 녹차가 있어요? 有柚子茶或綠茶嗎？ 아침에 보통 과일이나 샌드위치를 먹어요. 早上通常我會吃水果或三明治。

3. 表示「假設」

V + -(으)려면 中譯：打算……的話；要……的話	김포공항에 가려면 이 차를 타야 돼요. 要去金浦機場的話，應該要搭這班車。 말하기를 잘하시려면 외국사람과 대화할 수 있는 환경을 만드세요. 希望口說流利的話，請製造能和外國人談話的環境。

A/V + -(으)면 中譯：（如果）……的話	공항에 도착하면 전화하세요. 到機場的話，請打電話給我。 링크를 누르시면 다시 등록할 수 있습니다. 請點選連結即可重新登錄。

4. 表示「並列或順序關係」

V + -고 中譯：……之後…… 前後動作無必要關聯時可使用。	샤워하고 저녁을 먹었어요. 洗完澡後吃了晚餐。 일단 생각해 보고 결정하겠습니다. （我）先考慮看看再決定。
A/V + -고 用法：表示兩事實並列或羅列。	바나나가 싸고 맛있어요. 香蕉便宜又好吃。 민호 씨는 농구를 좋아하고 민수 씨는 태권도를 좋아해요. 敏浩喜歡籃球，而民秀喜歡跆拳道。

5. 表示「動作前後之順序時間關係」

V + -고 中譯：……之後…… 用法：前後動作無必要關聯。	세수하고 이를 닦아요. 洗臉後刷牙。 어제 숙제를 하고 텔레비전을 봤어요. 昨天寫完作業後看了電視。
V + -아/어서 中譯：……之後…… 用法：某動作完成後，接續相關的另一動作。	제가 요리해서 먹었어요. 我自己煮飯吃了。 어제 친구를 만나서 같이 백화점에 갔어요. 昨天跟朋友見面後一起去了百貨公司。

6. 表示「理由因果關係」

文法	例句
A / V + - 아 / 어서 中譯：因為…… 用法：前文的行為或事實為後文的原因或理由。	배웅해 주셔서 감사합니다 . 謝謝您送我。 늦어서 죄송합니다 . 遲到了很抱歉。
A / V + - 기 때문에 中譯：因為…… 用法：多出現於正式談話或文章中。	값이 너무 비싸기 때문에 그냥 구경만 했습니다 . 因價格太貴，所以只是純欣賞而已。 앞으로 더욱더 위를 목표로 노력하기 때문에 응원 잘 부탁합니다 . 往後會朝更高的目標努力，請為我加油。
A / V + -(으) 니까； **N + (이) 니까** 中譯：因為……	불고기가 맛있으니까 맛있게 드세요 . 韓式烤肉很好吃，請好好享用。 너무 배고프니까 식사부터 합시다 . 因為實在太餓了，（我們）先用餐吧！ 주말이니까 즐거운 추억 같이 만들어 봐요 . 因為是週末，(我們) 一起製造愉快的回憶。

7. 表示「意圖和目的」

文法	例句
V + -(으) 러 가다 / 오다 中譯：去（做）或來（做）…… 用法：表示去或來移動的目的。	쇼핑몰에 옷을 바꾸러 가요 . 我要去購物中心換衣服。 지금 돈을 찾으러 가요 . 我現在要去領錢。
V + -(으) 려고 中譯：為了……；打算……；想要…… 用法：表現意圖或目的。	우표를 사려고 우체국에 가요 . 為了買郵票去郵局。 불고기를 만들려고 쇠고기를 샀어요 . 打算做韓式烤肉而買了牛肉。

V + -(으)려고 하다 中譯：打算要…… 用法：進行行動的意圖或計畫。	어제 콘서트에 가려고 했지만 표가 없어서 못 갔어요. 昨天本來打算要去演唱會，但因為沒有票而無法去。 졸업 후에 한국 유학하려고 합니다. （我）畢業後打算要到韓國留學。

8. 表示「期望」

V + -고 싶다 中譯：想…… 用法：表達自身的希望。	모자를 하나 사고 싶어요. （我）想買一頂帽子。 예쁜 한복을 입고 사진 찍고 싶은데요. （我）想穿上漂亮的韓服拍照。
V + -고 싶어 하다 中譯：想…… 用法：表達第三者的希望。	여동생은 운동화를 사고 싶어 해요. 妹妹想買運動鞋。 사람은 누구나 행복하게 살고 싶어 합니다. 無論任何人都想要幸福地生活著。
A/V + -았/었/였으면 좋겠다 中譯：希望……就好了 用法：想達成某事的期待。	이번 휴가 때는 여행을 갔으면 좋겠어요. 真希望這次休假能去旅行就好了。 이번에 공무원 시험에 합격했으면 좋겠어요. 希望這次公務員考試能合格就好了。

9. 表示「……是……」

N +은/는+ N +예요/이에요 用法：非正式場合表達禮貌口氣；可用於肯定句或疑問句。	지혜 씨는 회사원이에요. 智慧小姐是上班族。 진호 씨는 한국 사람이에요? 振浩先生是韓國人嗎？

N +입니까?/N +입니다 用法：正式場合時使用。	저는 김정우입니다. 我是金正宇。 윤아 씨는 학생입니까? 允兒小姐是學生嗎？
N + -(이)세요 帶有尊敬的語氣，欲表達①尊敬的對象或②較話者年長者之相關資訊時可使用。	어머니는 영어 선생님이세요. 母親是英文老師。 선생님은 의학과 천문학의 이중 박사세요. 老師是醫學及天文學雙料博士。

10. 表示「僅、只」

N +만 中譯：只……；僅……	기침만 해요. 只有咳嗽。 남동생만 한 명 있어요. 我只有一個弟弟。
N +밖에 中譯：只、僅…… 用法：除此之外沒有其他選擇。	냉장고에 주스밖에 없어요. 冰箱裡只有果汁。 시간이 십 분밖에 안 남았어요. 只剩下十分鐘了。

11. 地點助詞

N +에 가다/오다 中譯：去……；來…… 用法：表示往該場所移動。	서점에 가요. 我要去書店。 친구가 한국에 와요. 朋友要來韓國。
N +에서 中譯：在…… 用法：指句中動作發生的場所。	집에서 밥을 먹어요. 我在家吃飯。 도서관에서 공부해요. 在圖書館念書。

12. 表示「從……到……」

N +부터+ N +까지 中譯：從……到…… 用法：時間的開始與結束。	월요일부터 금요일까지 회사에 가요. 從週一到週五要上班。 매주 화요일 오후 여섯 시 반부터 아홉 시까지 한국어 수업을 해요. 每週二從下午六點半到九點上韓語課。
N +에서+ N +까지 中譯：從……到…… 用法：起點與終點。	학교에서 집까지 멀어요? 學校離家裡遠嗎？ 여기에서 청주 고속버스터미널까지 얼마나 걸려요? 從這裡到清州高速巴士轉運站要多久呢？

13. 表示「說話者意志」

A / V + - 겠 中譯：要……	올해는 담배를 꼭 끊겠어요. 今年我一定要戒菸。 앞으로도 열심히 하겠습니다. 往後也會努力做的。
V + -(으) ㄹ 거예요 中譯：你要……嗎？；我要……	만일 비가 와도 갈 거예요? 要是下雨，你還是要去嗎？ 금방 갈 거예요. 我馬上就去。
V + -(으) ㄹ게요 中譯：（我）會……；（我）要…… 用法：主詞僅使用第一人稱。	매일 먹을게요. 我會每天吃的。 제가 먼저 갈게요. 我要先走了。 그럼 제가 연락할게요. 那麼我來聯絡好了。

V + -(으) ㄹ래요 中譯：你要……嗎？； 我要……	내일 추석인데 같이 송편을 만들래요？ 明天是中秋節，要不要一起做松糕呢？ 저는 그냥 집에 갈래요. 我要直接回家了。

14. 表示「有或沒有、在或不在」

N + 이 / 가 있다 / 없다 中譯：有……；沒有……	동전이 있어요？ 你有零錢嗎？ 우산이 있어요. 我有雨傘。
N + 에 있다 / 없다 中譯：在……；不在……	마리코가 어디에 있어요？ 麻里子在哪裡？ 남동생이 교실에 없어요. 弟弟不在教室。

15. 表示「提示說明及語氣轉折」

A + -(으) ㄴ데 中譯：同形容詞原形意義 用法：用於句中表示「提示」來開啟下文或「轉折」語氣	**<提示>** 배가 아픈데 약이 있어요？ 我肚子不舒服，你有藥嗎？ **<轉折>** 이 핸드폰이 좋은데 값이 너무 비싸요. 這個手機雖好，但價格太貴了。

V ＋ －는데 中譯：同動詞原形意義 用法：用於句中表示「提示」來開啟下文或「轉折」語氣	**<提示>** CC 크림을 사려고 하는데요 . 我打算買 CC 霜。 **<轉折>** 영어능력시험은 못 봤는데 한국어능력시험은 잘 봤어요 . 英文能力檢定考雖考得不好，但韓文能力檢定考考得很好。
N ＋ －인데 中譯：是…… 用法：用於句中表示「提示」來開啟下文或「轉折」語氣	**<提示>** 여기는 우리 교회인데 학생들이 많아요 . 這裡是我們教會，學生很多。 **<轉折>** 우리는 친한 친구인데 성격이 아주 달라요 . 我們雖是好朋友，但個性很不同。

16. 表示「動作轉換」

V ＋ －고 나서 中譯：……之後 用法：某行為告一段落或完成後，從事或進行另一行為。	영화가 끝나고 나서 사람들이 밖으로 나갔어요 . 電影結束後，人們往外面走去。 누나는 결혼하고 나서 예쁜 딸 쌍둥이를 낳았어요 . 姊姊婚後生了一對漂亮的雙胞胎女兒。
V ＋ －다가 中譯：……到一半 用法：某行動進行到一半，轉而進行另一行動時使用。	아까는 눈이 오다가 지금은 비가 온다 . 剛才雪下到一半，現在變成在下雨。 이 길로 쭉 가다가 두 번째 사거리에서 우회전해서 5 분만 가면 도착합니다 . 沿著這條路直走，到第二個十字路口右轉後，再走 5 分鐘就到了。

17. 表示「提議和勸誘」

V + -(으)ㄹ까요 中譯：要不要……； ……好不好呢？	뭘 먹을까요? 要吃什麼呢？ 사우나에 갈까요? 要不要去三溫暖呢？
V + -(으)ㄹ래요 中譯：你要……嗎？； 我要……	내일 추석인데 같이 송편 만들래요? 明天是中秋節，要不要一起做松糕呢？ 저는 그냥 집에 갈래요. 我要直接回家了。

18. 表示「能力」

N +을/를 잘하다/잘 못하다/못하다 中譯：擅長……；不太會……；不會……	동생은 노래를 잘 못하지만 공부를 잘해요. 弟弟雖不太會唱歌，但很會讀書。 저는 요리를 못해요. 我不會做菜。 중국어를 잘하시네요. 您中文說得真好啊。
V + -(으)ㄹ 수 있다/없다 中譯：會……；不會……	한국말을 할 수 있어요. 我會說韓語。 이 내용을 알아볼 수 없습니다. 我無法了解這內容。
V + -(으)ㄹ 줄 알다/모르다 中譯：會……；不會……	수영할 줄 몰라요. 我不會游泳。 저는 한글을 읽을 줄 알아요. 我會讀韓文。

못 + V 中譯：無法……；不能……	저는 매운 음식을 못 먹어요 . 我不能吃辣的食物。 저 평소에 힐 못 신어요 . 我平常無法穿高跟鞋。

19. 表示「經驗」

V + - 아 / 어 보다 中譯：（嘗試）過……	이 노래를 들어 봤어요 ? 你聽過這首歌嗎？ 스키를 해 봤어요 . 我滑過雪。
V + -(으) ㄴ 적 (이) 있다 / 없다 中譯：曾經……；不曾……	그 애니메이션을 본 적이 없어요 . 我沒看過那部動畫。 한강에 가서 사진을 찍은 적이 있어요 . 我去漢江拍照過。

20. 冠形詞

V + - 는 + N （為動詞現在式） 中譯：……的…… ※ 注意：「- 있다 / - 없다」（有；沒有）結尾的形容詞，以「있+는」或「없+는」來表現。	광화문 가는 버스 어디서 타야 하나요 ? 請問去光化門的公車要在哪裡搭呢？ 여기는 지하철 갈아타는 곳이에요 . 這裡是地鐵轉乘處。 맛있는 불고기를 먹고 싶어요 . 想吃好吃的韓式烤肉。
V + -(으) ㄴ + N （為動詞過去式） 中譯：（曾經）……的……；……（過）的	새로 산 집은 침실이 세 칸 있어요 . 新買的房子有三間臥室。 손님 , 주문하신 스테이크 나왔습니다 . 先生，您點的牛排來了。

V ＋ -(으) ㄹ＋ N （為動詞未來式） 中譯：（將要）……的……	이 책은 한 번 읽어 볼 가치가 있어요 . 這本書值得一讀。 다섯 명이 앉을 자리가 있나요 ? 請問有五人可以坐的座位嗎？
A ＋ -(으) ㄴ＋ N （為形容詞現在式） 中譯：……的……	즐거운 하루 되세요 . 祝您有愉快的一天。 수면과 좋은 음식은 건강에 필요한 것이에요 . 睡眠和好的食物對健康是必要的。

부록

附錄

常用初級文法索引

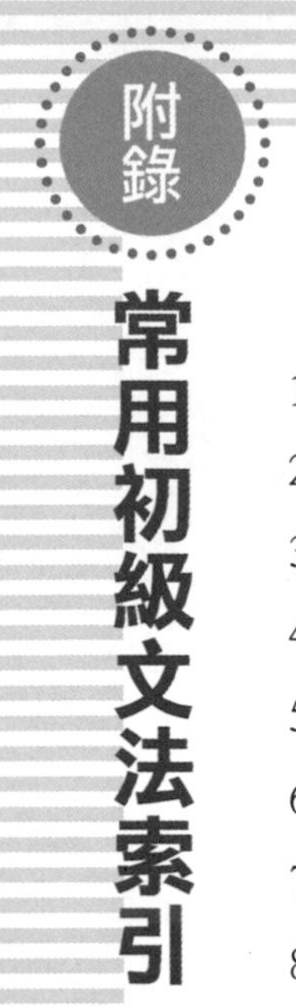

《ㄱ》

1. A / V + －거나 199, 284
2. V + －고 199, 285
3. A / V + －고 199, 285
4. V + －고 나서 200, 291
5. V + －고 싶다 200, 287
6. V + －고 싶어 하다 201, 287
7. V + －고 있다 / 계시다 201
8. A + －군요 ; V + －는군요 202
9. V + －기 (가) + A 202
10. A / V + －기는 하지만 203
11. A / V + －기 때문에 ; N(이) +기 때문에 203, 286
12. V + －기로 하다 203
13. V + －기 전에 204
14. N +개 / 명 / 병 / 잔 / 그릇 / 권 / 장 205
15. A + －게 206
16. V + －게 되다 206
17. A / V + －겠 207, 289

《ㄴ》

1. V + －는+ N 208, 293
2. V + －는 것 209
3. V + －는 것 같다 ; A + －(으) ㄴ 것 같다 ; N +인 것 같다 210
4. V + －는 게 어때요 ? 211
5. V + －는 중이다 ; N +중이다 212

6. V + －는지 알다 / 모르다 ; N + 인지 알다 / 모르다 212
7. A / V + －네요 ; A / V + －았네요 / 었네요 213

《ㄷ》

1. 「ㄷ」 불규칙 214
2. A + －다 ; V + －ㄴ다 / 는다 ; N + (이) 다 215
3. V + －다가 216, 291
4. N + 도 216
5. N + 동안 217
6. N + 대신 218
7. N + 때문에 218

《ㄹ》

1. 「ㄹ」 탈락 219
2. 「르」 불규칙 220

《ㅁ》

1. N + 마다 222
2. N + 만 222, 288
3. 못 + V 223, 292

《ㅂ》

1. 「ㅂ」 불규칙 224
2. 반말 225
3. N + 밖에 226, 288

4. N + 보다 + N 227
5. N + 부터…N + 까지 227, 288

《ㅅ》

1. 「ㅅ」 불규칙 228
2. A / V + －습니다 / ㅂ니다 229, 284

《ㅇ》

1. －아무+ －도 230
2. V + －아 / 어 놓다 230
3. V + －아 / 어다 주다 231
4. V + －아 / 어도 되다 231
5. V + －아 / 어서 232, 285
6. A / V + －아 / 어서 232, 286
7. V + －아 / 어야 되다 233
8. V + －아 / 어 버리다 234
9. V + －아 / 어 보다 235, 292
10. 아 / 어 보이다 236
11. V + －아 / 어 주다 236
12. A / V + －아 / 어요 237, 284
13. V + －아 / 어 있다 237
14. A + －아 / 어지다 238
15. 안 + V 238
16. A / V + －았 / 었 239
17. N + 였어요 / 이었어요 240

18. A / V + －았 / 었으면 좋겠다 240, 287
19. A / V + －았 / 었을 때 241
20. N +앞 / 뒤 / 옆에 있다 241
21. 여기 / 거기 / 저기가+ N +이다 241
22. A + -(으) ㄴ+ N 242, 293
比一比 20. V + -(으) ㄴ+ N 209, 293
23. A + -(으) ㄴ가요 ? ; V + － 나요 ? ; N + － 인가요 ? 242
24. N +은 / 는+ N +예요 / 이에요 243, 287
25. A + -(으) ㄴ데 ; V + － 는데 ; N +인데 244, 290
26. V + -(으) ㄴ 적 (이) 있다 / 없다 245, 292
27. V + -(으) ㄴ 지 246
28. A + -(으) ㄴ 편이다 ; V + － 는 편이다 246
29. V + -(으) ㄴ 후에 246
30. A / V + -(으) 니까 ; N + (이) 니까 247, 286
比一比 20. V + -(으) ㄹ+ N 293
31. V + -(으) ㄹ 거예요 248, 289
32. V + -(으) ㄹ게요 249, 289
33. V + -(으) ㄹ까요 249, 291
34. V + -(으) ㄹ까 하다 250
35. -(으) ㄹ 때 250
36. N +을 / 를 251
37. N +을 / 를 잘하다 / 잘 못하다 / 못하다 251, 292
38. -(으) ㄹ래요 ? 252, 289, 291
39. V + -(으) ㄹ 뻔하다 252
40. V + -(으) ㄹ 수 있다 / 없다 253, 292

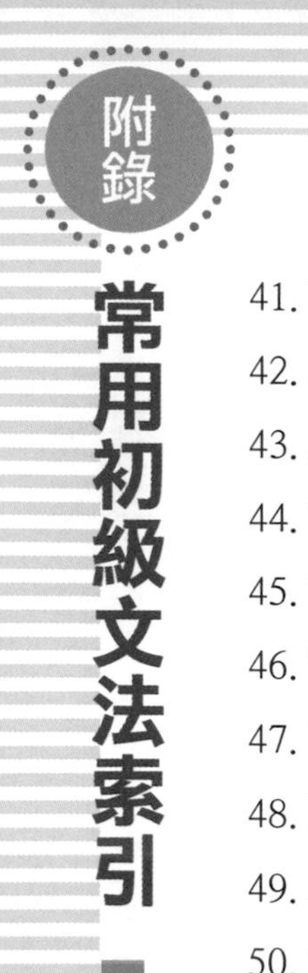

41. V + -(으) ㄹ 줄 알다 / 모르다 253, 292
42. A / V + -(으) ㄹ지 모르겠다 254
43. A / V + -(으) ㄹ 테니까 254
44. V + -(으) 러 가다 / 오다 255, 286
45. V + -(으) 려고 255, 286
46. V + -(으) 려고 하다 256, 286
47. V + -(으) 려면 256, 284
48. N + -(으) 로 257
49. A / V + -(으) 면 257, 284
50. V + -(으) 면 되다 258
51. V + -(으) 면서 259
52. V + -(으) 면 안 되다 259
53. A / V + -(으) 시 260
54. V + -(으) 세요 261
55. N +이 / 가 되다 261
56. N +이 / 가 아니다 262
57. N +이 / 가+ A + - 아 / 어요 262
58. N +이 / 가 있다 / 없다 263, 289
59. 이거 / 그거 / 저거는+ N 이다 263
60 이 / 그 / 저+ N 264
61. N + -(이) 나 265, 284
62. -(이) 든지 265
63. N + (이) 라고 하다 266
64. N + (이) 라서 266
65. N + -(이) 세요 267, 287

66. N +입니까 ? / N +입니다 267, 287
67. N +에 268
68. N +에 가다 / 오다 269, 288
69. N +에서 269, 288
70. N +에서+ N +까지 270, 288
71. N +에 있다 / 없다 271, 289
72. N 의+ N 272

《ㅈ》

1. N +주세요 273
2. V + – 지 마세요 273
3. A / V +지만 274
4. A / V + – 지 않다 275
5. A / V + – 지요 ? ; N + (이) 지요 ? 275
6. N +짜리 276

《ㅊ》

1. N +처럼 / 같이 277

《ㅎ》

1. 「ㅎ」 불규칙 278
2. N +하고+ N ; N + (이) 랑+ N ; N +과 / 와+ N 279
3. 한테 280

《ㅡ》

1. 「ㅡ」 탈락 281

國家圖書館出版品預行編目資料

TOPIK I 新韓檢初級單字・文法，一本搞定！ 新版 / 黃慈嫺著
-- 修訂二版 -- 臺北市：瑞蘭國際, 2023.03
304面；17×23公分 --（繽紛外語系列；119）
ISBN：978-626-7274-16-3（平裝）
1. CST：韓語 2. CST：能力測驗

803.289　　112002843

繽紛外語系列 119

TOPIK I 新韓檢初級 單字・文法，一本搞定！

作者｜黃慈嫺・責任編輯｜潘治婷、王愿琦・校對｜黃慈嫺、潘治婷、王愿琦

韓語錄音｜朴芝英・錄音室｜純粹錄音後製有限公司
封面設計｜劉麗雪・版型設計｜劉麗雪・內文排版｜劉麗雪、余佳憓

瑞蘭國際出版

董事長｜張暖彗・社長兼總編輯｜王愿琦
編輯部
副總編輯｜葉仲芸・主編｜潘治婷
設計部主任｜陳如琪
業務部
經理｜楊米琪・主任｜林湲洵・組長｜張毓庭

出版社｜瑞蘭國際有限公司・地址｜台北市大安區安和路一段 104 號 7 樓之 1
電話｜ (02)2700-4625・傳真｜ (02)2700-4622・訂購專線｜ (02)2700-4625
劃撥帳號｜ 19914152 瑞蘭國際有限公司・瑞蘭國際網路書城｜ www.genki-japan.com.tw

法律顧問｜海灣國際法律事務所　呂錦峯律師

總經銷｜聯合發行股份有限公司・電話｜ (02)2917-8022、2917-8042
傳真｜ (02)2915-6275、2915-7212・印刷｜科億印刷股份有限公司
出版日期｜ 2023 年 03 月初版 1 刷・定價｜ 450 元・ISBN ｜ 978-626-7274-16-3
2023 年 10 月初版 2 刷

◎版權所有・翻印必究
◎本書如有缺頁、破損、裝訂錯誤，請寄回本公司更換
PRINTED WITH SOY INK 本書採用環保大豆油墨印製